EL ESPÍA ESPAÑOL

UN THRILLER DE
DAVID RIBAS

ALFREDO DE BRAGANZA

Título: *El Espía Español*
Copyright © 2021 Alfredo de Braganza
Todos los derechos reservados.

Del diseño de la portada y edición: Alfredodebraganza.com

Este libro digital está licenciado exclusivamente para su uso personal. Este libro electrónico no se puede copiar, revender o entregar a terceros. En caso de desear compartir este libro con un tercero, por favor compre una copia adicional para cada receptor. Si está leyendo este libro y no lo compró, por favor vaya a Amazon y compre su propia copia. Gracias por respetar el duro trabajo de este autor.

No se permite la reproducción total o parcial de esta obra, ni su incorporación a un sistema informático ni su transmisión en cualquier forma o por cualquier medio, sea este electrónico, mecánico, por fotocopia, por grabación u otros métodos, sin el permiso previo y por escrito del autor. La infracción de los derechos mencionados puede ser constitutiva de delito contra la propiedad intelectual (Art. 270 y siguientes del Código Penal).

El copyright estimula la creatividad, defiende la diversidad en el ámbito de las ideas y el conocimiento, promueve la libre expresión y favorece una cultura viva. Gracias por comprar una edición autorizada de este libro y por respetar las leyes del copyright al no reproducir, escanear ni distribuir ninguna parte de esta obra por ningún medio sin permiso.

Web del autor:
https://alfredodebraganza.com/

Redes sociales del autor:

facebook.com/AlfredodeBraganzaEscritor
twitter.com/braganzabooks
instagram.com/alfredodebraganza

Obtén una copia digital GRATIS de mi novela *El secuestro* y mantente informado sobre mis futuras publicaciones.
Suscríbete en este enlace:
https://alfredodebraganza.com/novelagratis/

ÍNDICE

Prefacio — xi

PARTE UNO
LA TRAICIÓN

Capítulo 1 — 3
Capítulo 2 — 9
Capítulo 3 — 20
Capítulo 4 — 23
Capítulo 5 — 28
Capítulo 6 — 31
Capítulo 7 — 38
Capítulo 8 — 43
Capítulo 9 — 46
Capítulo 10 — 53
Capítulo 11 — 58
Capítulo 12 — 60
Capítulo 13 — 66

PARTE DOS
INTENTO DE ASESINATO

Capítulo 14 — 71
Capítulo 15 — 75
Capítulo 16 — 77
Capítulo 17 — 81
Capítulo 18 — 85
Capítulo 19 — 93
Capítulo 20 — 95
Capítulo 21 — 98
Capítulo 22 — 105
Capítulo 23 — 114
Capítulo 24 — 118
Capítulo 25 — 122

PARTE TRES
ATAQUE EN NUEVA DELHI

Capítulo 26	133
Capítulo 27	138
Capítulo 28	141
Capítulo 29	148
Capítulo 30	151
Capítulo 31	160
Capítulo 32	166
Capítulo 33	173
Capítulo 34	179
Capítulo 35	182
Capítulo 36	187
Nota del autor	195

A Dino y Ariam
Para Ziv y Kim, la auténtica princesa Diana de Temiscira.

«Hay puñales en las sonrisas de los hombres; cuanto más cercanos son, más sangrientos».
William Shakespeare

«Mentir está mal, hijo, pero si es por un bien mayor, no pasa nada».
Aldrich Hazen Ames

«Es fácil esquivar la lanza mas no el puñal oculto».
Proverbio chino

PREFACIO

Rachid miró a la joven española, estaba acurrucada en un rincón de la habitación. Él y sus compañeros la habían secuestrado hacía unas horas. Asustada, no había dejado de llorar.

—Sigue molestándome —comentó a sus amigos, irritado por los sonidos de la joven.

—Tranquilo —intervino Younes, el cabecilla del grupo—. Pronto acabará todo.

El tercer hombre, llamado Abdessamad, quitó el móvil del cargador colocado en el enchufe, un *Samsung Galaxy* último modelo, comprado gracias al dinero que el Estado español les había concedido.

—Cuando quieras, podemos empezar —señaló, observando la calidad de la imagen en la pantalla.

El «efecto llamada» se había incrustado como una garrapata en el discurso público del gobierno de España, por el cual, cualquier inmigrante que se encontrase en una situación irregular, una vez empadronado en un municipio, tendría una pensión mensual.

A ellos tres no les faltaba dinero ni comida ni vivienda, lo que hacían era una cuestión religiosa.

Younes estiró sobre el suelo dos rollos de plástico y los dejó extenderse. Formó un cuadrado en medio de la habitación.

—Tráela aquí, Rachid.

Él obedecía de forma autómata porque Younes era el cabecilla, tenía un gran carácter.

Rachid la cogió del brazo y, sin miramientos, la levantó con fuerza y la arrojó al suelo.

La chica estaba tan débil a causa del estado de *shock*, y el tiempo que había estado llorando, que no tenía fuerzas para protegerse. Pero, el motivo de su incomprensible inacción, de que exteriorizase un comportamiento de embriaguez, era el efecto del sedante que le habían inyectado.

—Quizá debamos ponernos los pasamontañas —dijo Rachid.

—Es verdad, de este modo, nos pueden reconocer —añadió Abdessamad, tecleando en el móvil.

—Nuestros líderes quieren que los infieles españoles vean nuestras caras para que sepan que somos musulmanes en su país —explicó Younes—. Pero, no se preocupen, porque al editar el vídeo, pixelaré nuestros rostros.

Raquel era una joven de diecisiete años, natural de Valencia; todas las mañanas, salía de su casa a las 07:25 para ir al instituto público, bien vestida y arreglada y con la pesada cartera llena de libros a los hombros. Por el camino, quedaba con Verónica, su amiga y compañera de clase.

Aquel día, no volvería a su casa.

Verónica la estuvo esperando diez minutos más. No pensó en irse ella sola al instituto sin antes averiguar la razón de la tardanza de su amiga.

La noche anterior, vía telemática, habían realizado un trabajo conjunto para la asignatura de tecnología. No había razón para su retraso. «Venga, aparece ya de una vez, que llegamos tarde».

Esa misma mañana, sobre las 07:00, Raquel le había preguntado por WhatsApp qué le aconsejaba ponerse: el pantalón corto ceñido o un pantalón vaquero desteñido y roto a la altura de las rodillas, como estaba de moda. Verónica le sugirió que con el pantalón corto estaría más mona, y que, seguro, sería la misma opinión de Juan Carlos; el guapo pero tímido chico que le gustaba y con el que se había propuesto entablar amistad antes de que el trimestre acabara.

Levantó la cabeza y observó a lo lejos. Por la acera, solo se veía gente paseando a sus mascotas. Como sucedía a diario, varios adultos bien arreglados daban el paseo matutino a sus perros antes de iniciar el horario laboral. La señora con el *chow-chow* color crema cruzó el paso de peatones. Los minutos transcurrían y Raquel no aparecía. Las dos habían acariciado el lomo de aquel perro en más de una ocasión. Se reían cuando lo hacían, era como tocar un puñado de nubes esponjosas. Hasta se habían hecho fotos con el perro de lengua violeta y habían subido las imágenes a sus cuentas de *Instagram*, generando más de mil «me gusta».

Mandó uno y otro mensaje. Los *tics* de la red social no aparecían en azul, lo que significaba que no los había leído.

Un grupo de compañeros del instituto caminaba con prisas por la acera de enfrente y la saludaron alzando la mano. Iban a llegar tarde. Ella, preocupada, no les respondió. Llamó a su amiga. Nada. Pensó que se había entretenido con alguna cuestión de última hora sobre qué ropa ponerse. Ella era de las que, de repente, cuando estaba lista, cambiaba de opinión a última hora y volvía a cambiarse de vestimenta. Quizá era ese el motivo.

Con apremio y refunfuñando, se dirigió a su casa. Cuando cruzaba el parque, vio la mochila de Raquel en el suelo, junto a un seto. Se alarmó. La cogió y fue corriendo a casa de ella.

En el momento que le contó lo sucedido a la madre de Raquel, se dispararon las alarmas.

Su boca, tapada con cinta aislante, solo podía producir gruñidos. Raquel se agitó en el suelo; cayó en la cuenta de que estaba sobre un plástico. Su rostro estaba sudado y lleno de lágrimas. Intentó revolverse, sin embargo, tenía las muñecas y los pies fuertemente atados con bridas de plástico.

Cuando vio a uno de sus tres captores sostener en sus manos un cuchillo de cocina, quiso luchar por su vida. No era posible, solo sucedía en las películas de acción, donde la heroína sabía desembarazarse de las ataduras, dislocándose una articulación para liberar una muñeca y comenzar entonces una serie de movimientos de artes marciales muy bien coreografiados contra los malos. Para el final, obtendría su liberación, ganaba a las fuerzas opresoras masculinas y desaparecía bajo una bella imagen crepuscular, dando paso a una segunda parte de sus aventuras porque era una mujer empoderada.

Todo era ficción.

Todo estaba escenificado.

Todo era mentira.

Esto era la vida real.

La realidad era que la permisiva inmigración ilegal, por parte de los políticos españoles, había traído a Younes, a Abdessamad y a Rachid: tres miembros del Estado Islámico que llegaron en una patera, remolcada en alta mar por la ONG Open Flower hasta la costa española y atendida allí por la Cruz Roja.

Unos meses después de la llegada a España, y habiendo sido trasladados de Almería a Valencia, merodeaban por la ciudad. Querían llevar a cabo cuanto antes su primera misión encomendada. Estaban preparados y lo tenían todo planificado. Solo les faltaba la víctima. Y, aquella misma mañana, como presas que otean desde el cielo a su objetivo, pusieron los ojos en Raquel cuando cruzaba el parque.

No lo dudaron un instante. En su rostro, le pusieron a la fuerza un paño empapado de formol; luego, la metieron en un coche prestado por un musulmán, ya asentado de manera legal en España desde hacía unos años. En el interior, le inyectaron *Valium* y se la llevaron a un cobertizo.

Todo fue tan rápido que nadie vio nada, y si lo hubieran hecho, habrían pensado que eran jóvenes realizando alguno de sus raros comportamientos. «La juventud de hoy en día es rara».

Younes parecía temeroso de lo que iba a ordenar, pero no siguió esperando.

—Quítale los pantalones —ordenó al fin.

Rachid se alarmó.

—¿Qué dices? No, yo no puedo tocar su cuerpo desnudo.

Younes le señaló con el índice.

—Desnúdala.

Abdessamad estaba boquiabierto, dejó de ajustar la claridad de la imagen y el sonido en la cámara del móvil y quedó atónito observando a sus compañeros. Younes tenía un carácter muy agresivo y, cuando ordenaba algo, no cejaba en su empeño. Aquello iba a acabar mal.

—Hermano, no puedo tocar la ropa íntima de esta infiel —protestó de nuevo Rachid—, lo sabes. ¿Qué falta hace desnudarla?

Younes habló, observando con frialdad a los dos.

—Tenéis que comprender el impacto que causaremos degollando a esta infiel mostrando su cuerpo desnudo. Es cuestión de simbolismo. La gente ve vídeos que se vuelven virales sobre ataques en una discoteca, en el metro o en edificios que se vienen abajo. Nuestro vídeo causará más impacto que el edificio más alto de Valencia o Barcelona derrumbándose o incendiándose.

—¡Bah! Lo hago yo —mencionó de repente Abdessamad, queriendo zanjar el asunto; sabía que Rachid, debido a sus fuertes principios religiosos, no se atrevería a tocar el cuerpo desnudo de la española y, menos aún, su ropa íntima, aunque Younes le hubiera forzado bajo amenaza para no llevarle la contraria.

A pesar de los pataleos y movimientos de Raquel, que carecían de energías, Abdessamad le desabrochó el pantalón corto y, junto con las bragas, se los bajó de un tirón sobre sus piernas. Debido a la posición de sus brazos, no pudo quitarle la camisa sin romperla. Para finalizar, tuvo que hacer uso del cuchillo para arrebatarle el sujetador, dejando sus rotundos senos expuestos.

Los movimientos de Abdessamad fueron tan violentos y rápidos que produjeron profundos cortes en la piel blanca de Raquel.

Los tres se quedaron sin aliento observando a la chica desnuda; la cinta que rodeaba su boca se movía debido a su respiración forzosa. Desde el suelo, miraba a los tres con los ojos rojos e hinchados por el llanto.

—Comienza a grabar —ordenó Younes.

Younes entró en el área cubierta de plástico, agarró a Raquel por el pelo y comenzó a gritar en árabe ante la cámara. Al terminar, gritó: «¡*Allahu Akbar!*», y fue secundado por sus dos cómplices.

De un fuerte tirón, echó la cabeza de Raquel hacia atrás y bajó el cuchillo con determinación. La sangre comenzó a borbotar de la garganta. Sobre el plástico, se fue formando un charco de sangre, de mucha sangre, alrededor del cuerpo color lechoso de Raquel.

El vídeo se hizo viral pronto, aunque no tardó en ser censurado por las principales plataformas digitales. Sin embargo, el daño sociológico ya estaba hecho.

Su amiga y compañera de clase, Verónica, nunca más se atrevería a ir sola al instituto. Los padres de las jóvenes les instaron a vestir con ropa más conservadora, y dejaban y recogían a sus hijos en el instituto. Se formaron grupos de *WhatsApp* en los que cada uno informaba a dónde iba y con quién; cuándo salían de casa y cuándo regresaban.

Ante la inseguridad y la inoperancia de la policía, los vecinos comenzaron a crear grupos de vigilancia ciudadana para patrullar las calles durante el día y, sobre todo, por la noche. La coacción a la libertad ya se estaba forjando en la psique de los españoles.

El brutal asesinato de una joven, que nunca había hecho daño a nadie, fue silenciado por los medios de comunicación afines a los políticos españoles que promovían la inmigración ilegal.

Conocidos y buscados terroristas se mezclaban en la ola de extranjeros que entraban de manera ilegal a España desde Marruecos y Argelia. La amenaza terrorista se escondía en centros de acogida, oratorios, mezquitas, viviendas compartidas y lugares espontáneos de reunión. Aprovechaban la avalancha para moverse de forma esquiva en la península y establecer contactos con miembros de sus redes, evitando el ciberespacio para no dejar huella en *internet*.

Los informes de inteligencia alertaban de constantes amenazas procedentes del complejo universo poliédrico del islam, de los oscuros procesos de radicalización en imanes, y de los jóvenes musulmanes que creían haber sido elegidos para una misión especial que no debían eludir; además, de los españoles convertidos al islam, en concreto, militantes de la ultraizquierda.

Mientras había quien restaba importancia al peligro que representaba la inmigración ilegal, argumentando que el Corán era un libro inocente y que eran pocos los que rizaban y contorsionaban los textos para respaldar sus argumentos radicales, la rivalidad entre el Centro Nacional de Inteligencia (CNI), la Guardia Civil y la Policía Nacional se recrudecía.

Las diferencias y enfrentamientos internos entre los distintos organismos y administraciones públicas continuaban produciéndose sin que hubiera forma de arreglarlo por el interés nacional. Los agentes operativos del CNI se cuidaban de no compartir información fresca sobre el fundamentalismo islámico y la radicalización, investigaciones, sospechas, pistas o el más mínimo dato de interés, con agentes de la Guardia Civil y las brigadas de información del Cuerpo Nacional de Policía.

Todos luchaban por tener la primicia, ganarse el mérito, la exclusiva, como si todos fueran competidores en un programa televisivo de máxima audiencia.

Quienes no quedaron pusilánimes ante esta barbarie fueron los operativos de El Cervantes, que luchaban para dar caza a los líderes y promotores del terrorismo islámico. Una vez más, se prometieron que aquel sería el último vil asesinato en suelo español. Pero, no vivían en un mundo de ficción audiovisual, porque la realidad les acuciaba. La pregunta era: ¿podrían evitar el próximo atentado?

PARTE UNO
LA TRAICIÓN

1

Un hombre salió por la puerta de llegadas del Aeropuerto Adolfo Suárez Madrid-Barajas empujando una pequeña maleta de ruedas. Era moreno, alto y delgado. Su ropa estaba arrugada; vestía un traje barato de color marrón claro, con camisa blanca, sin corbata, y zapatillas blancas marca *Adidas*.

En la sucursal de alquiler de coches, el hombre se puso en la fila de cuatro personas. Todos ellos provenían de la puerta de llegadas, una vez pasado el control de pasaportes y recogida de equipajes.

El hombre no dio muestras de importarle que la cámara de vigilancia situada sobre la pared de la ventanilla le grabara, porque, de manera astuta, con un movimiento corporal, evitaba mostrar su rostro.

Cuando le tocó su turno, pidió un coche económico: un antiguo *Seat Ibiza* de tres puertas. El viajero estaba instruido de modo especial y por eso había escogido aquel modelo.

La empleada no le prestó la menor atención y, en consecuencia, sus documentos de identidad no recibieron más que un rápido vistazo. La foto impresa coincidía con el cliente. Un rostro habitual. Moreno de piel, típico de Argelia o Marruecos. Para cuando desapareció, la empleada de la empresa de alquiler de coches ya se había olvidado de él.

Llevaba conduciendo cerca de veinte minutos. Cruzó una plaza y enfiló en dirección a la zona centro de Madrid cuando se pudo dar cuenta de que una motocicleta le seguía.

Soltó un improperio en árabe.

En el momento que tuvo que frenar ante un semáforo en rojo, se percató de que el conductor de la moto era un repartidor a domicilio, lo que explicaba su velocidad y destreza en la calzada.

Suspiró aliviado.

Tomó una bocacalle y, de repente, detectó por el espejo retrovisor un vehículo de color negro que maniobraba del mismo modo.

Siguió avanzando, mirando de reojo por el espejo. Decidió estacionar en un lateral y estudiar al conductor, así quedaría en evidencia el posible seguimiento que le estarían haciendo.

El coche negro pasó muy despacio, se aproximó a la acera y se detuvo cerca de un edificio alto de apartamentos.

El conductor tocó el claxon. Una joven, con una mochila escolar sobre los hombros, salió corriendo del portal de un edificio y se subió en el asiento del copiloto. El coche continuó hasta perderse en la siguiente intersección.

El hombre pronunció una frase en árabe y movió la cabeza. Se estaba volviendo paranoico. Pero, como le habían entrenado en la DGED (Dirección General de Estudios y Documentación), es decir, el servicio de inteligencia exterior marroquí, nunca estaba de más prevenir, porque los descuidos se pagaban muy caro.

Después de esperar unos minutos, miró por el retrovisor, arrancó y continuó su trayecto.

Había aprendido a detectar anomalías por las calles. Estaba acostumbrado al hecho de que siempre tenía que estar alerta porque podía verse bajo vigilancia por personas desconocidas.

Solía tomar nota mental del atuendo de las personas, de sus facciones y de sus movimientos corporales.

Si los operativos de seguimiento sospechaban que habían entrado en el campo de visión del sospechoso, de manera astuta, podían cambiarse de camisa o de chaqueta, o ponerse o quitarse unas gafas, o dejar un coche y seguir en motocicleta.

Por este motivo, con la naturalidad debida como espía en un país extranjero, debía hacerse experto en las cosas más extrañas para tomar precauciones. Memorizaba imágenes, transitaba por calles poco concurridas y volvía de nuevo a un mismo punto, fijándose en que los vehículos y los conductores a su alrededor no fueran los mismos.

Si observaba que había un grupo de agentes moviéndose a su alrededor, debía fingir que no se había dado cuenta de que era parte de un seguimiento y, de manera inmediata, cumplir con el protocolo de emergencia: ponerse a salvo, abortar la operación y desaparecer del país extranjero sin demora.

Avanzó circulando sin rumbo fijo. Quería comprobar una vez más que nadie le seguía, al fin y al cabo, tenía mucho tiempo hasta la hora fijada para su reunión secreta.

Pasó un bloque de apartamentos y, al llegar al centro comercial, bajó por la rampa, cogió el tique y circuló por el subterráneo. Descendió a la segunda planta por el serpenteante recorrido haciendo chirriar los neumáticos mientras avanzaba.

En la segunda planta, buscó la última columna y aparcó en uno de los pocos espacios disponibles que quedaban.

Tras un tiempo esperando, se encendieron y apagaron las luces largas de un vehículo aparcado a escasos metros. El hombre salió de su *Seat Ibiza* y se dirigió a aquel coche, un *Audi A4*.

—Cada vez se hacen más peligrosas nuestras reuniones —le advirtió el marroquí en español con marcado acento, tras tomar asiento, al tiempo que se frotaba las manos como si tuviera frío.

—Vayamos al grano —espetó el español, un hombre de mediana edad y bien trajeado.

—Queremos toda la información referente al monte submarino Tropic —dijo haciendo referencia al antiguo volcán de las aguas de las Islas Canarias.

Se trataba de una gran reserva de telurio, un material que se utilizaba en la fabricación de paneles solares y muy escaso en la corteza terrestre; también de cobalto, un elemento que se utilizaba para la fabricación de baterías de coches eléctricos; y de tierras raras, utilizadas para la elaboración de potentes imanes en los molinos de viento, así como de otros minerales de gran importancia para la tecnología verde del futuro. Por tanto, la explotación del Tropic generaría grandes beneficios económicos al país que lo dominase.

—Ese es vuestro problema, que lo queréis todo —bramó el español—. Nos estáis invadiendo la península con miles de varones en edad militar y...

El marroquí levantó una mano.

—Vayamos al grano —dijo tamborileando con el dedo índice sobre el salpicadero—. Quiero la información que posee el CNI sobre los fondos oceánicos y que provee al gobierno.

—La misma cantidad que la vez anterior, pero triplicada —exigió.

El marroquí soltó una carcajada.

—Me encanta la simpleza que hay en la avaricia de los españoles.

El español se repantingó incómodo.

—Oye, mira, conmigo hay gente involucrada y ellos se llevan su parte. Menos de esa cifra no puedo.

El marroquí se giró y le encaró.

—No me importa cómo robas la información. Tú accediste a esto y harás lo que se te pide. ¿Le queda a usted claro, señor Diego Uribe?

—Dijimos que jamás se mencionarían nombres —le espetó airado.

El agente marroquí dejó pasar unos segundos antes de volver a hablar, ya que notó a su interlocutor tenso, aparte de considerarlo ya de por sí avaro, mezquino y patético por traicionar a su país.

—Está bien, de acuerdo con el pago. Pero la circulación

de los documentos debe pasar por el mismo canal de siempre.

—Por supuesto —respondió el español con una sonrisa de impaciencia.

2

Laura García pasó su tarjeta electrónica de identificación. Vestía pantalones vaqueros ajustados, camiseta negra de pico y una chaqueta de cuero marrón.

La puerta se abrió con un sonido como el de una cápsula de seguridad. Después, quedó cerrada de manera hermética. Ella se mantuvo quieta por un instante y la puerta opuesta se abrió, deslizándose hacia un lado. Tras cruzar el arco de seguridad, siguió avanzando por un largo pasillo. Caminaba con un estilo propio, denotaba seguridad y control.

Cruzó más puertas de acceso hasta llegar a la sala de conferencias. Su melena castaña contrastaba con el pálido color de su rostro ovalado. Tenía los ojos negros, algo hinchados por la fatiga. Sin embargo, desbordaba energía y se sentía animada.

—Buenos días a todos —pronunció nada más entrar y tomar asiento en un lateral de la mesa.

Frente a ella, estaba el experto informático de origen indio Varun Grover, y en la otra punta de la mesa, el director de El Cervantes, Julián Fernández.

Julián era un veterano en el mundo del espionaje. Había trabajado durante muchos años en el CNI. Ahora dirigía El Cervantes. Desde su creación, se propuso que, a diferencia de lo que sucedía en el CNI, en El Cervantes, no quería que sus miembros siguieran unas normas establecidas, como si fueran códigos de conducta o protocolos oficiales para los empleados, sino que fueran agentes con personalidad, y Laura García era una de ellos.

—Tienes aspecto de estar cansada —comentó observándola tras sus lentes.

—Acabo de llegar a Madrid hace una hora y no he podido pasar por casa para ducharme, pero estoy bien.

Laura y su equipo habían realizado una operación contra el terrorismo islámico en una pequeña ciudad de Bélgica.

Considerado un país muy descentralizado, Bélgica no solía compartir información de inteligencia. Con cuatro servicios distintos, y compuesta de tres regiones, suponía un golpe de lleno a la lucha contra el terrorismo.

Para colmo, en su capital, Bruselas, con diecinueve comunas, seis cuerpos de policía diferentes y una batalla constante entre los idiomas francés y flamenco, no era de extrañar que sus agentes locales y federales no se pusieran de acuerdo en la lucha contra el terrorismo islámico.

Por su situación geográfica, Bélgica se convirtió en sede de las más importantes instituciones europeas: llano y fácil de atravesar, incluso en bicicleta. De este modo, *Sharia4Belgium*, la *sharía* o ley islámica para Bélgica, empezó en

Amberes, y mucha gente dijo entonces que eran unos payasos y no les dieron importancia. Sin embargo, empezaron a reclutar gente y comenzó el peligro.

Tener frontera con países clave como Alemania o Francia, y ser prácticamente fácil el tránsito entre distintos países dentro de Europa, fueron motivos importantes para convertirse en caldo de cultivo terrorista.

Además, el desempleo juvenil había subido de forma considerable y no parecía remediarse, sino incrementarse, dato más que suficiente para mantener a su joven población deprimida, paralizada y ociosa para delinquir o radicalizarse.

Según las estadísticas, la mayoría de los radicales, que habían viajado a luchar junto al Estado Islámico desde Europa, lo habían realizado desde Bélgica.

La larga lista de satélites del salafismo, como Estado Islámico, Al Qaeda Central, AQMI o Al Qaeda del Norte del África Islámica, tenían allí ramificaciones.

Era una obviedad que la seguridad total se consideraba una quimera frente a esta clase de terrorismo. Mas, era evidente de manera indiscutible, que los servicios de seguridad belgas habían reaccionado ante el monstruo demasiado tarde, cuando estaba bien identificado y crecía cómodo en sus entrañas.

El Cervantes había detectado la presencia, cerca de una población de Bruselas, de un conocido terrorista de origen paquistaní llamado Daim Imtiaz.

Ante la toma de conciencia del lamentable papel de sus fuerzas de seguridad e inteligencia, y de la pusilanimidad del gobierno belga, Laura García había viajado con su equipo.

En una operación que apenas había tardado cuatro días, habían dado caza al terrorista y habían eliminado tanto a él como a su célula.

—Enhorabuena por el éxito de la operación —dijo Julián.

Ella miró a los dos, preguntándose cuál era el motivo de que la hubieran llamado con carácter urgente. Por el camino, había hecho un barrido por internet utilizando su móvil y había leído sobre lo sucedido en Valencia a una joven estudiante.

—La verdad es que el trabajo en equipo fue la clave. Tuvimos una coordinación esencial —enunció señalando a Varun, quien, en esos momentos, movía los dedos sobre la pantalla de una tableta—. Y él desde aquí, dando apoyo informático, fue una ayuda por completo imprescindible.

—Vayamos al tema de nuestra reunión, Laura —dijo Julián—. Marruecos se comporta como si España fuera su territorio.

—Lo llevamos viendo desde hace ya un tiempo —comentó—. La DGED, y desde el Ministerio de Asuntos Islámicos en Rabat, no dejan de interferir de manera impune. ¿No os acordáis del escándalo de los autobuses fletados?

La DGED, el servicio de inteligencia exterior marroquí, había organizado un complot en suelo español: ordenó a la Federación Española de Entidades Islámicas fletar decenas de autobuses, llenos de cientos de marroquíes residentes en España, para realizar una contramanifestación en el lugar donde harían un mitin de un partido político español de ideología de derechas.

Aquello tenía una finalidad. No era la de reventar el

acto, como dijeron los politólogos en los medios de comunicación y comentaristas en redes sociales, sino dar una advertencia a Europa de la adhesión de la inmigración marroquí al rey Mohamed VI.

Para que los marroquíes residentes en España dieran una imagen de integración en la sociedad española a los medios de comunicación, que acudirían a aquella concentración, ninguno llevaba chilabas, sino camisas deportivas modernas en las que, los más avezados, podían distinguir los pliegues, como si hubieran sido adquiridas de manera especial para la ocasión.

—Esta gente jamás se va a integrar —intervino Varun—. Bien es cierto que la doctrina malequí que rige en Marruecos no es el wahabismo que exporta Arabia Saudí; pero el gobierno de Marruecos no ceja en su empeño en moldear y manejar a todos esos inmigrantes ilegales que entran en España.

—Y las ONG afines a la izquierda más radical y los comunistas españoles lloriqueando que son gente de paz. «Refugiados», los llaman.

—Eso ya lo sabemos, Laura —dijo Julián, tamborileando los dedos sobre la mesa—. Pero es importante que estemos enfocados, que no perdamos nuestra motivación.

En España, era bien conocida la presencia de espías, agentes y colaboradores del servicio de inteligencia exterior marroquí. La DGED tenía personas metidas en todas partes: financiaba mezquitas en España y tenía en nómina a más de cien imanes, almuédanos y predicadores. Además, desde el Ministerio de Asuntos Islámicos de Rabat, subvencionaban asociaciones islámicas y mezquitas en Madrid, sobre todo, en Cataluña.

Uno de los motivos de este fuerte lazo entre Cataluña y Marruecos era que, durante casi quince años, había estado residiendo en Barcelona un importante agente de la DGED, quien luego ocupó un alto cargo en el Ministerio de Asuntos Islámicos de Rabat.

Este departamento enviaba todos los años, aprovechando el Ramadán, mes de ayuno para los musulmanes, cientos de imanes a España y resto de Europa para reforzar los lazos con los inmigrantes asentados en el exterior.

Mohamed VI se había convertido en un capo capaz de amedrentar a España cuando y donde le placiese. Había creado tal herramienta con la inmigración que disponía de capacidad de influencia y presión para perturbar la política exterior de España.

Los catalanes independentistas habían avivado ese fuego. A través de los centros culturales islámicos de Cataluña, atraían a los inmigrantes al independentismo. Los políticos regionales catalanes se paseaban predicando en esas fundaciones su idea de un «Estado propio» catalán, donde los musulmanes serían mejor tratados que con el Estado «opresor» español.

En el Cervantes, eran conocedores de los fuertes lazos que mantenía el gobierno del rey marroquí con los inmigrantes ilegales que mandaba a España, saltando vallas o cruzando las aguas en pateras, y con los ya residentes legales.

Por este motivo, y hasta que Marruecos no dejase de gobernar a sus ciudadanos más allá de sus fronteras, jamás el islam se integraría en las sociedades europeas.

—La primera reacción que no nos sorprende de los medios de comunicación, tras este nuevo atentado en

Valencia contra esa joven, es que ellos tienen que cambiar, ellos tienen que integrarse; todos debemos integrarnos. No tenemos que preguntarnos qué deben hacer ellos, sino qué podemos hacer nosotros.

—Laura, está claro que el nacionalismo catalán está siendo colaborador y cómplice. Actúan como un servicio de inteligencia extranjero en territorio español, dañando la seguridad del Estado. Y, desde el gobierno de España en Madrid, no se atreven a dar el puño en la mesa y decir a las bravas a Mohamed VI: ¡Basta ya!

—El dinero —intervino Varun—. El rey de Marruecos no escatima la oportunidad de amenazar al gobierno español con excluir a las empresas españolas de licitaciones, en los principales mercados, y sustituirlas por norteamericanas o, incluso, francesas. Cada dos por tres deja entrever sus amenazas con romper las relaciones diplomáticas y realizar una guerra mediática.

—Creo que ya lo hemos comentado en anteriores ocasiones —añadió Laura tomando un sorbo de un botellín de agua mineral—. No creo que haya una contradicción entre ser musulmán y europeo al mismo tiempo, pero ellos no están por la labor en absoluto de querer fomentar las cosas que nos unen. El tiempo y los hechos nos dan la razón en que ponen más esfuerzo e hincapié en trabajar en las que nos separan. Ahí está Bélgica, cuya situación se está extrapolando a España. Nos estamos convirtiendo en un modelo en Europa de cómo no hacer las cosas correctas con la inmigración ilegal.

—El gobierno de España y el CNI necesitan la cooperación de Marruecos en materia de seguridad. Es un hecho constatado que el setenta por ciento de los autores de atentados terroristas en Europa han sido perpetrados por marroquíes. No olvidemos el atentado en Cataluña en 2017, donde murieron diecisiete personas: once, de los doce autores, eran marroquíes.

—Bueno, la responsabilidad de esos atentados ¿dónde recayó? —intervino de nuevo Varun—. No en el yihadismo, sino en el país de acogida. Así es como lo argumentó el gobierno de Marruecos, lavándose las manos.

—Culturas incompatibles en absoluto. La consecuencia es la franja que separa a los emigrantes y sus sociedades de acogida. Es más, hasta que no haya barrios donde rijan las estrictas leyes islámicas, no van a parar. —Julián señaló con el índice a Varun—. Vayamos al meollo de esta reunión. Repasemos la información obtenida.

Varun se levantó y, frente a una pantalla cuyas imágenes iba cambiando, al tiempo que tecleaba un pequeño dispositivo, comenzó a disertar sobre la miríada de grupúsculos que componían los grupos terroristas islamistas y cómo compartían métodos de actuación e ideologías.

—Si puedes ser breve y saltarte los orígenes y todo lo demás, te lo agradeceré —sugirió Laura con una ligera sonrisa.

Por un momento, los ojos de Varun se encontraron con los de Julián antes de volver a hablar.

—Hay alguien pasando información. Tenemos un traidor.

Aquella era la peor noticia posible.

El Cervantes era una organización dedicada a la lucha contraterrorista. Estaban centrados en monitorizar pequeños oratorios musulmanes, mezquitas, viviendas que se convertían en puntos de reunión para el adoctrinamiento, en grupos de supuestos imanes y sus correligionarios que viajaban de un lugar a otro para obtener financiación, y un largo etcétera.

A esto, había que añadir el seguimiento de sospechosos en Hispanoamérica y operaciones clandestinas en otros puntos de Europa, como la realizada por Laura García y su equipo en Bélgica. Estaban desbordados.

Además, disponían de una red de informadores dentro de los servicios de seguridad del Estado. Policía Nacional, Guardia Civil, Mossos y Ertzaintza, de todos, obtenían todo tipo de información que pudiera alertar de una amenaza por parte de los radicales del yihadismo doméstico e internacional.

En España, las mezquitas no contaban con sistemas de subvenciones públicas, es decir, se autofinanciaban. Pero no de los fieles, que lo que aportaban eran cantidades irrisorias, sino que recibían la ayuda de países lejanos que les imponían, a cambio de soltar billetes, sus imanes y sus doctrinas.

En el Cervantes, existía un departamento dedicado de manera exclusiva a seguir el entramado del dinero. En algunos casos, eran tan espectaculares los métodos utilizados para no despertar sospechas que convertía en verdadero payaso ingenuo al profesor de árabe en una academia de idiomas, o al frutero musulmán que vestía ropa occidental, frecuentaba bares e incluso bebía cerveza sin alcohol con el propósito de esconder su verdadera ideología radical.

Sin embargo, eran los españoles convertidos al islam los que se estaban transformando en una auténtica amenaza. Por un lado, militando en partidos de extrema izquierda con el fin de obtener mayores beneficios económicos, a través de ayudas públicas y subvenciones a la comunidad musulmana; por otro, desquebrajando la sociedad y la cultura española.

El que hubiera alguien en la cúpula de los servicios de seguridad del Estado espiando para Marruecos era el mayor peligro posible.

—Lo que sabemos es que un agente español en Marruecos es quien ha estado vendiendo información clasificada a los marroquíes —prosiguió Varun.

Dejó el comentario suspendido en el aire durante unos segundos.

Laura supuso de inmediato que aquello se interpretaba de la siguiente manera: un hombre de nacionalidad española que trabaja como operativo en Marruecos para el CNI está colaborando con el servicio secreto de Marruecos.

—Querrás decir que nos está traicionando un agente del CNI, un operativo de inteligencia de nacionalidad española —apuntilló Laura.

—Así es —aseguró Julián, echando un vistazo a sus notas—. A través del servicio secreto israelí, el CNI ha detectado la presencia, en un campo de entrenamiento yihadista, de un individuo de aspecto occidental. Por lo visto, hay informantes dentro de esos campos, y no se les escapó que ese individuo es español. Nuestro objetivo máximo es dar con esa persona.

—¿Crees que el hecho de que estuviera en un campo de entrenamiento pueda deberse a que se haya convertido en un invisible? —preguntó Laura.

Los servicios de inteligencia denominaban «invisible»

al individuo de la etnia nativa de la nación en la que se pretendía atentar, pudiendo moverse sin levantar sospechas e infiltrarse con facilidad en las instituciones.

—No. Creemos que solo pasa información a cambio de dinero, estará vendiendo información clasificada al mejor comprador. Su intención será lucrarse. Hoy, a los servicios secretos marroquíes; mañana, a un líder yihadista. No será ningún lobo solitario ni invisible, porque no es tan tonto como para creerse las patrañas del supuesto paraíso musulmán.

—¿Cómo se llama? —preguntó Laura—. Me imagino que tendréis un nombre para afirmar esta seria acusación.

Julián se dio golpecitos en los labios con su estilográfica.

Ella intuyó que esa actitud transmitía de manera inconsciente una señal. Fuera lo que fuese, se atrevió a preguntar de nuevo:

—Por el amor de Dios, ¿queréis decirme el nombre de una vez?

Julián miró a Varun para que contestara la pregunta.

—En el CNI, han analizado la foto que les ha pasado un contacto del servicio secreto israelí, y estos aseguran que ese hombre se llama David Ribas.

3

Un joven descendió del tren y se sumergió entre la presurosa ola de viajeros de la terminal. El ruido de la gente, de los anuncios por los altavoces y del traqueteo de las maletas con ruedas era tan familiar que no le prestó atención.

Si estuviera bajo vigilancia por un observador atento y experimentado, poco habría notado. La chaqueta deportiva le cubría el cuerpo, disimulando su figura atlética; las gafas de pasta negra tenían cristales falsos y, en vez de llevar una gorra, que hubiera despertado sospechas por intentar ocultar su rostro, tenía el pelo teñido de rubio, engominado y en punta, es decir, a la moda juvenil.

A pesar de su mochila deportiva, ¿quién iba a poder sospechar que era un terrorista a punto de cometer un atentado?

Al salir de la estación de tren de Alicante, pasó del cálido sopor, al aire tonificante de la calle. Torció a la derecha y caminó hacia el paso de peatones. Cruzó el teatro Arniches; enfrente, tenía los grandes almacenes de El Corte Inglés. Siguió su camino cuesta abajo. Pasó un par de paradas de autobús. Llegó al lugar fijado como referencia, una cafetería que hacía esquina. Torció a la derecha y siguió caminando por la acera. Esta vez, ligeramente cuesta arriba.

Algún observador más avezado se habría fijado en el modo de caminar, y si hubiera sido un experto en desentrañar los aspectos psicológicos de un individuo, habría llegado a una conclusión inmediata sobre la personalidad del joven. De hecho, la razón de que vistiera ropa holgada era por ese motivo tan especial: que impidiese que se vieran características adicionales sobre su personalidad y que ello pudiera delatar sus sangrientos propósitos.

Se asegura que los hombres y las mujeres con unas zancadas más cortas y con un balanceo más reducido y lento de los brazos a pie tienden a ser considerados más vulnerables.

Es un hecho constatado que los sujetos que se encuentran en prisión con registros de conductas psicópatas son precisos para detectar a sus víctimas por su forma de caminar. Cuando eran ciudadanos con uso pleno de la libertad, podían identificar a una víctima por la forma en la que caminaba por la calle. Por este motivo, la evidencia demuestra que, aun cuando las percepciones funcionan bien con los rostros, se suele equivocar la interpretación del caminar. Y esto sucedió con el policía nacional que atendía al público a la entrada de la comisaría.

Se llamaba Enrique. Era vivaz, activo y dicharachero; la típica persona que, con su gracia y desparpajo, se gana el afecto de los demás. Aquella mañana, sustituía a un compañero que tenía un examen para opositar a un grado superior en la escala del cuerpo.

En la entrada del edificio, Enrique se dedicaba a atender a los ciudadanos que acudían a realizar trámites relacionados con el pasaporte o el carné de identidad.

El joven con la chaqueta deportiva cambió su movimiento corporal. Había sido instruido, había aprendido a modificar su modo de caminar. Ahora debía transmitir un mensaje de invulnerabilidad: pasos rápidos, largas zancadas y fuertes movimientos de los brazos.

Enrique atendía a un grupo de personas bajo la escalera que daba acceso a la comisaría. Acababa de decir algo jocoso, porque ellos soltaron sonoras carcajadas. Se fijó en el joven de la chaqueta deportiva que caminaba de forma decisiva. Parecía saber a dónde iba. Daba la impresión de que ya había acudido con anterioridad a la comisaría. En el instante que levantaba el brazo para preguntar el motivo de su visita, el joven de pelo teñido de rubio le espetó:

—Cita previa para el DNI.

—Adelante, que para atrás ya dolió bastante.

No comprendió el juego de palabras, ni siquiera prestó atención. Subió los peldaños de la escalera de forma resuelta.

Tiempo después, vieron a través de las cámaras de seguridad, segundos antes de que dejaran de funcionar, cómo el joven con la chaqueta deportiva pasaba el arco detector de metales, y evitando al policía nacional que le llamaba la atención, porque había sonado la alarma, accionaba el explosivo en el interior del edificio.

4

Varun Grover abrió la puerta de la galería de tiro. Se escuchaba el tableteo de los disparos de un fusil de asalto.

—¡Ah, Varun! —pronunció Laura en voz alta, bajando el arma. A modo de protección contra el sonido, llevaba unos tapones de espuma amarillos en cada oído. Se quitó uno—. Dame pruebas de que David Ribas no anda por Marruecos y que, el que dicen que es, tiene de verdad otro nombre.

—No es él, nuestro David Ribas, el verdadero, está en la India. No ha viajado al extranjero desde la operación llevada a cabo en Marruecos hace ya un tiempo y desde que tú le llevaste de vuelta a Bombay en avión. Punto. No hay duda alguna. Por cierto…

—Sí, lo sé, en el atentado de ayer en Alicante murieron veintitrés personas y otras tantas heridas; en estos momentos, cuatro de ellas están en la UCI luchando por sus vidas.

En varias ocasiones, líderes del extremismo islámico

habían llamado a sus fieles a «limpiar el Magreb musulmán de los hijos de España», en alusión implícita a las ciudades de Ceuta y Melilla, así como incitar a reconquistar Al-Andalus, como denominaban a la Península Ibérica.

El terrorismo de compulsión medieval, que tenía a España bajo nivel alto de amenaza, estaba anclado en el siglo VII, pero utilizaba la libertad y los derechos de los países democráticos a los que combatía con las últimas tecnologías.

Además, con la inmigración ilegal masiva procedente del norte de África, el conflicto de los inmigrantes con los españoles se producía cuando colisionaban las leyes españolas, con las establecidas por los líderes religiosos islamistas ya asentados en la península: es decir, ellos consideraban que solo estas últimas eran las que tenían validez, por lo que se sentían impunes ante todo atropello criminal en España.

Laura dejó el arma sobre una mesa y cogió otra, algo más delgada y larga y con la culata más pequeña.

—¿Te gusta?

Él, que siempre se mostraba excesivamente solícito y alegre, contestó con sonrisa:

—Me gusta verla. Mejor dicho, me gusta verte a ti con ella.

Laura le respondió con una mueca burlona con la boca. Le indicó la caja de tapones para los oídos que descansaban sobre una repisa. Varun se los puso con rapidez.

Apuntó a uno de los blancos de la galería de tiro, acomodó la culata a su hombro y comenzó a sonar el ¡rat-tat-tat! del fusil de asalto contra un blanco, con la silueta de un terrorista situada a unos veinticinco metros de distancia.

—Gordito…

—No me llames gordito.

—Tú a mí no me digas cómo debo llamarte, y mucho menos teniendo en mis manos un MP7.

—Entonces llámame como quieras. Me gustas más cuando te pones brava —dijo él sonriendo.

—Bueno, ¿qué? ¿A qué has venido aquí?

A diferencia de Laura, él no llevaba gafas protectoras y sus ojos comenzaron a lagrimear por el olor a cordita.

—No me llores, gordito —enunció esbozando una sonrisa. Sacó una toallita de aloe vera—. Toma, esto te refrescará.

Se quitó las gafas y se pasó la toallita por el rostro.

—Estoy convencido de que Diego Uribe es el que ha puesto a ese espía español en Marruecos para desarrollar ideas propias y así crear alianzas con el servicio secreto de Marruecos.

Diego Uribe era director técnico de la Autoridad Nacional de Inteligencia y Contrainteligencia española, departamento perteneciente al CNI.

—Y eso, ¿a qué se debe? —preguntó con las cejas enarcadas.

Varun se puso de nuevo las gafas.

—Mira esto —indicó, al tiempo que sacaba de su maletín una carpeta, la abría y le pasaba una fotografía.

Laura contempló la fotografía.

—¿Quién es?

—Es Aitor Sierra, nombre en clave Lince, operativo del

CNI infiltrado en Marruecos. Está haciendo de enlace entre el servicio secreto marroquí y Diego Uribe.

—¿Cómo encaja David Ribas en esta ecuación?

—Han dejado caer su nombre en algún informe de inteligencia; para que se filtre, lo han dejado a la vista de los servicios secretos extranjeros. Ese occidental que detectaron los israelíes en un campo de entrenamiento no es él. Tal vez, es un periodista *free lance*. Sin embargo, desde el CNI, alguien se apresuró a informarles de que ese hombre es David Ribas.

—Y David Ribas prácticamente no existe —murmuró Laura con un suspiro.

—Así es. Su nombre es un simple ardid para dar a entender que tal persona existe, como si fuera un agente operativo de inteligencia renegado para que las sospechas recaigan en él.

—Y mientras que los servicios de inteligencia extranjeros dan palos de ciego intentando encontrar al dichoso David Ribas, Diego Uribe y sus cómplices siguen realizando sus actividades.

—Eso es lo que se puede deducir.

—Esta información no me la habrás hecho saber sin el previo consentimiento de Julián, ¿verdad?

—Julián ha sido informado. De hecho, nos está esperando.

Laura comenzó a desmontar el subfusil Heckler & Koch MP7 que acababa de utilizar.

—Ya no disfruto tanto como antes al disparar con un arma.

—Vaya, ¿y eso? —preguntó Varun esbozando una sonrisa.

—Hoy en día, los malos llevan chalecos antibalas, los *kevlar*. Cada vez son más innovadores, más ligeros; incluso, la técnica del doble disparo con uno de estos fusiles no sirve para nada. Pero ¿sabes lo que me gusta más?

—Ahora es el momento en el que me dices una cosa bonita y confiesas tus sentimientos hacia mí.

—Gordito —pronunció levantando una pistola Glock—. Lo que me gusta es acercarme cada vez más para tener que inmovilizar al enemigo, al tiempo que le miro a los ojos.

Se giró, se colocó en posición de disparo y lanzó un disparo tras otro. Apretó un botón y la figura del terrorista se acercó, mostrando numerosos agujeros sobre el corazón.

—¿Sabes? Me alegro de tenerte como amiga —claudicó Varun.

5

Nikolai estudió sin parpadear al hombre que tenía enfrente. Un tipo de espaldas anchas, de casi metro noventa y cabello moreno rapado casi en su totalidad. Iba bien vestido, con chaqueta y pantalón a raya.

—Siéntate, Gregori —musitó, al tiempo que indicaba uno de los dos sillones chéster frente a él con su mano moteada de manchas de edad.

El visitante tomó asiento y apoyó los brazos en los anchos respaldos, sosteniendo la mirada en el temible jefe del crimen organizado de Ucrania.

—¿Qué necesita de mí?

—En la India, hay una persona que hasta hoy ha evadido la muerte —detalló con un tono de voz apagado, pero sosteniendo una mirada torva.

Nikolai siempre hablaba flojo; estaba acostumbrado a que la gente se sintiera incómoda ante su presencia. Era jefe de un grupo mafioso que hacía negocios con las drogas y la prostitución. Se le consideraba una persona poderosa en Ucrania porque decidía entre la vida y la muerte de los demás. También, se le consideraba un facilitador, es decir, que se le podía contratar violencia a un módico precio para los que no querían ensuciarse las manos.

Nikolai había recibido un encargo por parte de unos socios y debía cumplirlo para congraciarse con ellos. Por este motivo, había ordenado llamar a su sicario «número uno».

—Estoy dispuesto.

—Tengo a muchos asesinos a mi alrededor también dispuestos. Lo que necesito es a un hombre capaz de cazar y matar, y quiero que se haga con prontitud.

—¿Cómo se llama?

—David Ribas.

El hombre tragó saliva.

—¿No te crees capaz de hacerlo, Gregori? —preguntó en voz baja.

La seguridad que había mostrado al entrar en la habitación parecía desvanecerse.

Alzó la vista y esbozó una sonrisa fría, dando a entender que era la persona correcta para tal misión.

—No era mi intención ofenderle —contestó. Y prometió de inmediato—: Considérelo hecho.

—No te he entendido —replicó Nikolai con brusquedad.

Gregori respiró hondo y posó una mano sobre el pecho, a la altura del corazón.

—Señor, David Ribas está muerto. Así se hará, lo juro —prometió muy seguro de sí mismo.

Nikolai asintió con una leve sonrisa en su rostro

6

—Nos metemos por la noche en su residencia, le encañonamos y le forzamos a hablar —describió Laura.

—No —contestó Julián balanceándose en el sofá frente a Laura y Varun Gover, quien no dejaba un instante de teclear en su tableta.

—¿Por qué? Es lo más rápido y seguro. No somos policías buscando pruebas fehacientes que lo incriminen para llevarlo a juicio. No pretenderás que disfrace a uno de mi equipo de perito tasador, se meta en la vivienda y se dedique a poner micrófonos ocultos.

En El Cervantes, habían averiguado que Diego Uribe había puesto en venta su casa a las afueras de Madrid; era un conglomerado de casas independientes. Él vivía entre aquella vivienda y su apartamento en el centro de la capital. Estaba casado, pero vivía separado de su mujer desde hacía un año. La situación marital la ocultaba en el CNI, poniéndose la alianza de boda cuando trabajaba y quitándosela cuando le convenía.

Julián le dirigió una mirada de advertencia.

—Laura, esto es diferente. Diego Uribe es un experto en inteligencia. Es miembro del Centro Nacional de Inteligencia, del CNI. Si entramos por las bravas y le tratamos como a un terrorista obligándole a hablar, puede que haya posibilidades de que indague sobre nosotros. Lo último que deseo es que metan sus narices en nuestras actividades. El Cervantes tiene que quedar al margen.

Laura García conocía muy bien el funcionamiento del Centro Nacional de Inteligencia. Había tenido en el pasado una relación con un empleado en el CNI que ocupaba un alto cargo en la unidad de la Dirección de Operaciones. Fue durante un periodo convulso en el que en el Cervantes necesitaban información privilegiada de primera mano, relacionadas con una serie de operaciones contra el yihadismo.

Él nunca supo que ella le había estado espiando. La finalidad era obtener la mayor cantidad de información de lo que se discutía y sucedía en la dependencia más importante de los edificios del CNI: la Sala de Operaciones, un área restringida en absoluto, donde se realizaba el gabinete de crisis.

Del hackeo informático y el espionaje electrónico, ya se encargaba el Cervantes a través de otros medios tecnológicos; pero, era el factor humano, lo que llamaban HUMINT, lo primordial, esencial e imprescindible para obtener información fehaciente.

La información que obtuvo fue muy reveladora, pero

no solo sobre el yihadismo. Supo que el director de una agencia extranjera, durante su visita a las instalaciones del CNI, había regalado un fusil Kalashnikov que se mostraba en la vitrina de un pasillo. Aquel detalle parecía inocente.

Fue unos años más tarde cuando una serie de informaciones confidenciales del CNI fueron del conocimiento de aquella organización de inteligencia extranjera.

Según le comentó su pareja de cama, con el ánimo de contar una anécdota simpática y agradable, se realizó un exhaustivo seguimiento a los empleados y se intentó averiguar dónde podía estar la filtración.

Por suerte, había un analista que, atiborrado de lecturas de novelas de espionaje, sacó a colación la posibilidad de que hubiera un moderno y efectivo chip en el interior del Kalashnikov que pudiera captar toda conversación, en un mínimo de metros alrededor.

Al estar aquel regalo situado en una vitrina a poca distancia de la Sala de Operaciones, despertó la curiosidad y se estudió el arma.

En efecto, en el interior, había un diminuto aparato electrónico del tamaño de una tarjeta SIM. ¿Cuánta información había sido revelada durante todo ese tiempo?

A través de las averiguaciones de Laura, también supieron que el director del CNI había sido amonestado por los propios empleados al querer espiarles a todas horas.

El agente del CNI le contó, de manera inocente, los hechos durante una romántica cena. Laura era conocedora de la imperante necesidad que habitaba en la psique de los espías, agentes y analistas de inteligencia: en muchas ocasiones, sienten la necesidad de confesar de manera confidencial noticias secretas a personas de su entorno. Es como compartir un sentimiento personal.

Según le comentó, el agravio había sucedido en la cantina y en la zona de fumadores, donde el director se empeñó en instalar cámaras de seguridad para captar los movimientos de cada empleado: qué comían, con quién se sentaban a la mesa mientras duraba el almuerzo; incluso, a través de un moderno sistema de lector de labios, pretendía obtener una transcripción de lo conversado.

El agravio por parte del personal fue tal que las cámaras acabaron siendo desinstaladas.

En otra ocasión, durante otra empalagosa velada, le comentó con todo detalle cómo una exempleada del centro había escrito una novela de género *thriller*. Como seudónimo, utilizaba un nombre masculino, le dijo. El manuscrito había pasado las cortapisas de la dirección del centro, al que él había tenido acceso.

Laura se lo hizo saber a Varun Grover y este hackeó el sistema informático del empleado, obteniendo el original muchos meses antes de su publicación.

Según los documentos obtenidos por Varun, supieron que la finalidad de la novela era dar una serie de informaciones a la opinión pública española, de manera que no tuvieran que ser declaradas por el centro de modo oficial.

Un tema delicado eran los atentados del 11 de marzo de 2004.

Los atentados del 11 de marzo de 2004 en España, conocidos por el numerónimo 11-M, fueron una serie de ataques terroristas en cuatro trenes de la red de Cercanías de Madrid, que mató a casi doscientas personas y dejó unos dos mil heridos.

Por tanto, en la novela, tenían que dar la versión que sostenía la actual dirección: se mencionaba sin dar mucha extensión el «trágico suceso» como una serie de atentados cuyo autor era el yihadismo.

Otro suceso curioso fue un episodio que le contó a Laura, en el que una agente de inteligencia viajó a Marruecos y a Argelia. De su viaje, trajo una caja de dulces que distribuyó con alegría entre sus colegas de unidad. Al día siguiente, varios de ellos tuvieron que ser hospitalizados de máxima urgencia debido a problemas respiratorios. Otros, con menores síntomas, pero aun así graves, tuvieron fuertes dolores estomacales.

Se abrió una investigación interna.

La conclusión fue que esos dulces habían sido infectados por un virus. La analista de inteligencia no había sido precavida, fue llamada a consultas y, tras una labor de estudio en el itinerario de su pasado viaje, detectaron dónde y cómo se pudo producir aquel intento de atentado contra el personal del CNI.

Como siempre sucedía, se evitó que el suceso trascendiera a la opinión pública.

Durante la relación que mantuvo con aquel empleado, Laura llegó a ponerle un moderno sistema de escucha en el interior del talón de sus zapatos; también, en el interior de su estilográfica. Y, a través de su móvil, podía escuchar todo.

Desde El Cervantes, supieron durante meses, de primera mano, todo lo acontecido en el CNI.

Cuando dejó de ser útil aquel espionaje, Laura terminó

la relación y aquellos sistemas de escucha se deshabilitaron.

—Podemos entrar en su vivienda y hacernos pasar por un grupo secreto extranjero —sugirió de nuevo Laura.

—Y, después, tendrás que matarlo. Porque, una vez que lo dejéis solo en la casa, moverá todo poder fáctico para dar con vosotros por toda España. No. En ese asunto tenemos que ser más sutiles. En inteligencia, nos utilizamos unos a otros. Somos como tiburones, nos devoramos los unos a otros, si es necesario. Miente como buena agente que eres, manipúlalo como una buena actriz en un escenario frente a su audiencia.

Ella asintió.

—No estoy segura de que quieras oír mi otra proposición; pero, si consigo intimar con él, podría conseguir que baje la guardia y pueda inspeccionar su vivienda.

—Bien. Muy bien. ¿De qué forma?

—Varun me ha hecho saber que la casa de al lado está puesta en venta. Parece ser que muchos de los inquilinos de esa zona están vendiendo sus propiedades a través de cierta agencia inmobiliaria.

—No me extraña, el coste de mantenimiento debe de ser muy elevado. Diego también la tiene en venta. Es divorciado, está cargado de gastos, pero sus motivos parecen ser diferentes.

Varun levantó la vista y tomó la palabra.

—Dinero tiene de sobra. Si vende es por deshacerse de bienes, porque tiene pensado desaparecer de España muy pronto. Está desviando todo su dinero a paraísos fiscales a través de una sociedad bancaria en Panamá.

—Eso quiere decir que se está planteando el retiro de oro en algún lugar del extranjero —aseguró Laura.

—Vamos a acelerar este asunto —dijo Julián mirando fijo a Laura—. Tienes vía libre. Comienza a movilizar a tu equipo. Ponte en contacto con esa agencia inmobiliaria y compra la casa de al lado. Siempre habrá algún modo de que la utilicemos de nuevo en un futuro. Manos a la obra.

7

El edificio, sin gracia, erosionado por el transcurso del tiempo y no en menor medida por problemas de humedad y salitre, por la contaminación de la ciudad de Bombay, albergaba una mezquita encarada hacia La Meca.

En el interior, había hombres ataviados con indumentaria musulmana, con la cabeza cubierta. Las mujeres, a las que se prohibía compartir espacio en el oratorio con los varones, ocupaban la planta superior. El islam promulgaba la segregación por género, y no parecía tener intención de cambiar.

También había jóvenes indios que iban vestidos de manera informal, con pantalones vaqueros y camiseta de manga corta. Sobre ellos, se alzaba la cúpula, adornada con símbolos e inscripciones del Corán. Estaba mal preservada; en muchos sitios, la pintura estaba desconchada y las frases en color verde a duras penas se apreciaban.

Aamir se puso a rezar. De manera distraída, pasó la mirada a un lado al otro. Buscaba a Riyaz. Una vez más, paseó la mirada y lo vio. Le hizo un gesto con la cabeza.

Cuando Aamir se levantó y salió de la mezquita, Riyaz se acercó y ambos se abrazaron con besos en las mejillas. Se pusieron los zapatos.

El calor era sofocante y Aamir comenzó a sudar.

—Por fin has vuelto de Australia —dijo Riyaz.

—Regreso esta noche —replicó Aamir.

—¿Cómo? Pero si has llegado esta madrugada.

—He venido por trabajo, no por placer. Necesito tu ayuda.

Riyaz rodeó la espalda de su amigo con el brazo.

—Aquí estoy para lo que necesites. ¿En qué puedo ayudarte?

Aamir observó alrededor.

—Aquí no. Vamos a mi coche y hablamos.

Cruzaron la escalinata y tomaron asiento en el interior del Tata Safari con lunas tintadas. El chófer puso el aire acondicionado, salió del vehículo y se quedó de pie en la acera, pendiente de una nueva orden.

—¿Qué necesitas de mí? —preguntó Riyaz.

—Quiero que mates a un hombre.

—Eso está hecho, hermano.

—Hay que hacerlo con violencia.

Riyaz se rio.

—Pues claro, que no te quepa duda. ¿Es un infiel hindú?

—Se comporta como uno de ellos, pero es extranjero.

—Entonces es cuestión de una venganza.

—En efecto. Por lo visto, es un tema personal.

Había una bolsa de cuero bajo los pies de Aamir. La levantó, la abrió y se la tendió a Riyaz para que viera el contenido.

—Tú sabes que mi reputación no tiene comparación —dijo Riyaz inspeccionando paquetes de billetes de cien dólares americanos, los únicos que valía la pena tener.

—¿No quieres comprobar si son auténticos?

—No tengo necesidad.

Aun sintiéndose reticente a hacerlo, Aamir cogió del regazo de Riyaz un fajo al azar del interior de la bolsa, sacó un billete y lo alzó a la luz de la ventana. Una vez dado a entender que no era falso, se lo devolvió.

Riyaz cerró la bolsa.

—No hacía falta alguna, yo no dudo de tu honestidad.

—Los negocios son los negocios, Riyaz. Lo personal hay que dejarlo a un lado. Ahí tienes cincuenta mil dólares. Te prometo doscientos mil dólares más cuando el trabajo esté hecho, y te los daré, sabes que cumplo con mi palabra.

—Nunca la he cuestionado, hermano. Considera ahora mismo el trabajo hecho.

—No creo que debas de mostrarte optimista.

—¿Por qué?

—Me han pedido este favor ciertas personas que son muy poderosas y que desean permanecer al margen de estos asuntos.

—Entiendo.

—No quiero fallarles. Solo el hecho de que lo quieran muerto significa que esta persona es peligrosa.

—Tranquilo, enviaré a mis mejores hombres.

—Como verás, yo también soy precavido y he investigado.

Riyaz sonrió.

—¿Y?

—Que tiene vínculos muy estrechos con Hassena.

Riyaz cambió el semblante; se reclinó muy despacio en el asiento.

—¿Un familiar?

—¿Significa eso un problema para ti?

—Aamir, hay ciertas personas a las que es mejor dejarlas, no inmiscuirse en sus negocios. Ya me entiendes.

Aamir observó que ya no agarraba la bolsa con tanto entusiasmo, sino que daba la impresión de que fuera a devolvérsela.

—No, no te entiendo.

Riyaz suspiró.

—Hassena quizá tiene ya conocimiento de nuestra reunión. Esto es lo que quiero decir. Tiene informadores por todo Bombay. Es una persona muy peligrosa.

—¿Y?

—Te seré franco, Aamir. Si el objetivo es un familiar suyo, lo siento, pero no puedo hacerlo.

—No es un familiar suyo —se apresuró a responder—. Se trata de un sicario extranjero.

Riyaz soltó un bufido de alivio y su sonrisa se ensanchó.

—Vale, entonces no creo que haya problema. Los asesinos a sueldo extranjeros son prescindibles.

—Este tiene ciertas habilidades profesionales. Lleva viviendo en la India más de una década. En su ámbito de trabajo, mantenerse vivo durante tanto tiempo es una hazaña.

—No habrá problema. Haré mis preparativos. Iré con mis hombres a darle muerte. ¿Su nombre?

—David Ribas.

8

Sonó el timbre y Laura abrió la puerta principal. Vio a tres hombres vestidos de uniforme y un camión aparcado en la calle.

—Hola, somos de la empresa de mudanzas: Es Tu Casa.

—¡Ah, estupendo! Les esperaba.

El hombre tenía una carpeta y un plano de la vivienda en la mano.

—Si me permite entrar y ver las habitaciones, podremos ir poniendo cada cosa en su sitio, al menos que quiera uno u otro mueble en otros lugares concretos.

—Adelante.

En ese mismo instante, un Audi A4 entró en la rampa de acceso de la casa vecina.

Diego Uribe parecía más joven que en la fotografía que le habían enseñado. Tenía el pelo más corto y daba la impresión de ser más alto.

Laura se aproximó a la hilera de arbustos que separaba ambas viviendas.

—Hola, me llamo Carmen —saludó al tiempo que extendía la mano—. Soy su nueva vecina.

Él se acercó con rapidez, al ver que la mujer quedaba sosteniendo el brazo en el aire, y le estrechó su mano izquierda, ya que en la derecha sostenía un maletín. Laura se fijó en la línea blanca del dedo anular, donde antes habría estado su alianza de boda.

Ambos sonrieron ante el torpe choque de manos.

—Bienvenida. Yo soy Diego. Y trátame de tú, al fin y al cabo, no soy tan mayor. —Se rio de su propio comentario y ella le secundó para seguirle la corriente.

—Me parece muy bien, Diego. Acabo de llegar, por así decirlo.

—¿La has comprado o alquilado?

—Gracias al banco, es mía, más o menos —respondió con una risita tonta—. Al menos, dentro de cuarenta años, cuando termine de pagar la hipoteca.

—Conocí a los antiguos dueños. Fue una pena lo que sucedió.

—En la agencia, me dijeron que el marido había fallecido en un accidente de tráfico y la viuda quería venderla cuanto antes, por eso me la ofrecieron a muy bajo precio. De otro modo, no hubiera podido permitírmelo. Pero ¿qué sucedió?

Laura sabía qué había pasado. El anterior dueño se fue a un bar, dejó su carné de identidad sobre la barra y se dirigió al embalse de El Pardo, donde se tiró atado a una roca de más de veinte kilos. Los problemas con su mujer y con sus hijos ya mayores le llevaron a tomar tan dramática decisión.

Desde la entrada, el encargado de la mudanza alzó el brazo.

—Señora, siento interrumpir, pero necesito que me indique dónde va un mueble que no aparece en mi mapa de ubicación de artículos.

Diego aprovechó para echar un vistazo general a la figura de su nueva vecina, que le daba la impresión de estar soltera. Ni niños ni pareja alrededor. Se masajeó la barbilla. No quiso perder la ocasión y se decidió a dejar caer una sugerencia:

—Quizá, en algún otro momento, podamos quedar para tomar una copa de vino y hablar con tranquilidad.

—Me parece una excelente idea.

—¿A qué hora vuelves de trabajar?

Ella sonrió y se giró alzando la vista hacia la casa.

—Aquí está mi oficina, trabajo desde casa.

—Magnífico. Entonces, si te parece bien, te llamo mañana a lo largo del día.

9

Había dejado de llover. David Ribas atravesó el sendero que cruzaba el cementerio ruinoso, atestado de viejos monumentos y tumbas. Todo estaba descuidado e invadido por zarzas, hiedras y plantas silvestres. Las raíces de los árboles se abrían paso entre las lápidas. Los cuervos no dejaban de gorjear de manera interrumpida. Los muertos estaban olvidados.

David pensó que el mundo era así, no querían recordar y preferían olvidar a los que se fueron y seguir disfrutando de los placeres de la vida mientras pudieran. ¿Para qué prepararse para lo que les esperaba después?

Aquel cementerio era cristiano. Había cruces de piedra y ángeles. Pero, personas de otras religiones, también estaban enterradas ahí. Qué más daba, tras el transcurso del tiempo el moho ocultaba los nombres y así era difícil la identificación.

David vio a un hombre sentado sobre una piedra.

Fumaba mientras leía un periódico local en Marathi. Era su informador entre grupos islámicos radicales.

Cuando vio a David aproximarse con el cigarrillo en los labios, dobló el periódico y se levantó.

—¿Conseguiste saber la localización? —preguntó David sin más preámbulos.

—Están operando desde un almacén en la zona de Worli.

—¿Cuántos son?

—Calculo que tres o cuatro.

—¿Dónde tienen los explosivos?

—Eso no lo he podido averiguar. Creo que, dentro del almacén, porque es mañana cuando tienen pensado atentar.

—¿El pago según las condiciones de siempre?

—En esta vida, es una de las pocas cosas que cambian —dijo mirando hacia las lápidas.

—Toma —pronunció sacando un fajo de billetes de su bolsillo.

—Ándate con cuidado, es gente peligrosa.

—Gracias por el consejo, pero a mí aún no me conocen.

—Lo sé. Y estoy seguro de que lo lamentarán.

David Ribas aparcó su motocicleta *Enfield Bullet 500* junto a la acera. Miró hacia atrás para comprobar que nadie estuviera mirando y sacó una pistola de un portaequipaje lateral metálico. Se la guardó a la espalda, tapándola con el faldón de la camisa.

Por todos lados, se veían metástasis de cables eléctricos, desmadres de líneas telefónicas, carteles con nombres de negocios y de publicidad escritos en hindi, marathi, urdu e inglés. Por si fueran pocos los elementos del paisaje urbano, telas estampadas y ropa de hombre colgaban de las ventanas como lágrimas en los ojos.

Empezó a andar. Cruzó la calle y se acercó a la puerta de una nave industrial. Antes, había sido un taller textil.

Tocó a la puerta. Desde el interior, se escuchó a alguien blasfemar. Un hombre abrió, pero al ver al extraño visitante, de inmediato, intentó cerrar en sus narices.

David empujó la puerta y entró. El hombre intentó huir, pero él se adelantó dándole un golpe en una pierna, que le hizo caer al suelo. Lo levantó, agarrándolo del pescuezo.

—Me vas a decir dónde tenéis escondido los explosivos.

—No sé de qué hablas.

—Claro que sí. Alguien que me dio esta dirección estaba muy seguro de ello —dijo David atenazándole más fuerte el cuello, mientras le obligaba a caminar hacia el interior del almacén.

Una figura surgió tras una puerta lateral. Cuando fue a clavarle una navaja a la altura del costado, David se giró con rapidez y la hoja penetró en la espalda del hombre que sostenía. Empujó al hombre hacia adelante, pero el tipo de la navaja se apartó, corrió, abrió la puerta y salió a la calle.

David se dispuso a seguirlo cuando una tercera persona se abalanzó con un cuchillo de grandes dimensiones. David le agarró con rapidez la muñeca, se la dobló, girando el cuchillo hacia abajo, invirtió la dirección de la hoja y, tras un impulso, se la clavó a la altura de las costillas, desplomándose contra la pared con el rostro ceniciento.

Corrió detrás del que se había escapado. Lo vio a escasos metros mirando hacia atrás; dándose cuenta de que le seguían, comenzó a correr por la calle con más velocidad.

David le iba a dar alcance cuando el hombre entró en una tienda. En el mostrador, había un señor cortando una tela de sari. El hombre se acercó y le arrebató las tijeras. Agarró a una joven por detrás y le puso las tijeras en el cuello. Los demás clientes salieron corriendo.

David se abrió paso en la entrada.

—O me dejas en paz o la mataré.

La joven comenzó a lloriquear.

El gerente de la tienda, aterrorizado, estaba inmóvil.

David sopesó el plan de actuación.

—Tira las tijeras y quizá te deje vivir —dijo sacando la pistola y apuntándole en el rostro.

—Le voy a rebanar el cuello.

—No lo vas a hacer. Lo que puedes conseguir es hacerle un profundo corte antes de que yo te meta una bala en la frente. Tú caerás muerto al instante; pero ella, con una serie de puntos, se pondrá bien.

La joven respiraba con brusquedad y su pecho subía y bajaba.

—Aunque dispares, le clavaré la punta.

—No lo hagas y te dejaré vivir. Es tu elección. Suéltala y yo no te disparo. Tú ganas, hazme caso.

El rostro del hombre estaba bañado en sudor, una vena latía en su frente.

—No te creo.

David dejó la pistola sobre el mostrador. Con lentitud, se movió, dándole paso hacia la salida.

—¿Me crees ahora?

El hombre frunció el ceño, sopesando sus oportunidades y si había algún tipo de engaño.

—¿Quién eres? ¿Eres de la policía?

—No.

El hombre apretó con más fuerza las tijeras en el cuello de la joven, cuyo rostro estaba pálido.

—¡Me va a matar! ¡Por favor, ayúdenme! —gritó ella.

—Cállate o te rajaré.

—Cálmate, por favor —pidió David alzando el brazo y con la palma de la mano abierta en señal de sosiego.

El hombre retrocedió unos pasos atrás. El sudor resbalaba sobre su rostro y se humedeció los labios.

—Te he preguntado quién eres.

—Soy una persona interesada en los explosivos que tenéis guardados, de los que pensabais hacer uso mañana durante la festividad de Ganesh Chaturthi.

El hombre empujó a la joven hacia David e intentó salir corriendo hacia el exterior. David le puso la zancadilla, cayendo de bruces contra el suelo y soltando las tijeras. Y no esperó un instante, agarró el arma del mostrador, y cuando fue a levantarse, le dio un golpe en la cabeza con el cañón.

El hombre parpadeó cuando volvió en sí. Estaba en el almacén, atado a una silla. Escupió en el suelo y tosió. Vio una figura delante de él. Le reconoció, era el extraño visitante que les había atacado.

—¿Quién eres?

David le agarró por el gaznate, forzándole a erguirse.

—Las preguntas las hago yo. ¿Dónde tenéis los explosivos?

—No sé de qué hablas.

—¿Cómo qué no? Teníais pensado cometer un atentado terrorista en un centro comercial. Mis fuentes son cercanas a tu círculo de amistades.

—Yo no sé nada.

—¿Y quién lo sabe?

El hombre miró en dirección al compañero que yacía muerto en el suelo.

—Él —respondió.

—Qué listo eres —enunció David levantando la pistola y apuntándole en el rostro.

El hombre sintió algo tibio que brotaba a la altura de su ingle. Se había orinado encima.

—Yo solo me encargo de conducir los coches —respondió. Tras un instante, continuó hablando, pero su tono de voz había cambiado y ahora era muy bajo—. Es lo único que he estado haciendo. Haré lo que sea si me dejas vivir —susurró mientras las lágrimas comenzaban a rodar por sus mejillas.

—Deja de lloriquear y dime dónde están los explosivos.

David sabía que mentía a medias y que así no conseguiría sonsacarle la información. Bajó el arma y le disparó en una pierna.

El hombre tuvo la sensación de haber sido golpeado con una pesada barra de hierro. Cayó a un lado gritando de dolor. El sonido fue tan ensordecedor que los oídos le zumbaban. Apretó los dientes para reprimir el dolor.

—Habla o te dispararé en la otra pierna.

Alzó el brazo señalando al fondo del almacén, donde había dos coches y una moto. David había registrado los vehículos, pero en su interior no había nada.

—¿En la moto? —preguntó David.

El hombre notaba que la sangre manaba de su rodilla destrozada. El dolor era cada vez mayor. Se había orinado encima y ahora lloraba como un niño, implorando y pidiendo clemencia.

—No, en los coches —respondió con voz temblorosa.

David observó los vehículos. Los explosivos estarían ocultos dentro de la carrocería. De repente, oyó pasos. Se giró.

Un hombre con antebrazos abultados, camiseta ajustada y una gruesa cadena de oro alrededor del cuello estaba de pie a escasos metros. Se habría aproximado aprovechando el sonoro ruido del disparo. Levantó una escopeta y se escuchó el ¡clic-clic! del percutor al ser empujado hacia atrás.

Sus movimientos fueron tan lentos y predecibles que, antes de que fuera a disparar, David se había lanzado al suelo protegiéndose tras un barril. Los disparos dieron al hombre atado en la silla, justo en la cabeza, esparciendo sus sesos y sangre sobre la pared que tenía detrás.

David se inclinó y disparó dos veces, impactándole en el pecho.

Se levantó, sacó el móvil y efectuó una llamada.

Poco tiempo después, un grupo de personas, pertenecientes a la unidad antiterrorista de la policía, alertados por la noticia, supervisaban el descuartizamiento de los vehículos y sacaban los explosivos del interior de las carrocerías.

Para entonces, David Ribas se había internado en el denso tráfico de Bombay, conduciendo su motocicleta *Enfield Bullet 500*.

10

Paseó de un lado a otro como un animal enjaulado. Para Laura García, era la operación más aburrida y extraña en la que había participado. Acercarse a un objetivo con artimañas seductoras no era lo suyo. Ella prefería abordar a la gente de una vez y obtener resultados de inmediato.

Quiso traer un equipo de ejercicio para hacer pesas, pero Julián le dijo que no era lo más prudente que Diego Uribe viera ejercitándose, de tal forma, a una inocente vecina que se dedicaba al interiorismo. «No pega con tu papel», concluyó.

Sentada en el sillón, tiró la revista a un lado y se levantó. Fue a la cocina y se hizo un Nescafé. No tenía que mostrar excesivo interés. De ahí que ella no se hubiera acercado al jardín desde el primer encuentro. Ahora había que esperar a que poco a poco Diego acabara mordiendo en el anzuelo.

El timbre sonó.

Laura fue a abrir la puerta.

Diego Uribe estaba de pie. En la mano izquierda sujetaba un maletín de cuero y en la otra una pequeña botella de champán.

—Volvía a casa y paré en una tienda. En fin... Un regalo por la mudanza y para darte la bienvenida.

—Muchas gracias. Pasa. Adelante.

—¿Cómo fue el desembalaje? —preguntó al tiempo que caminaba hacia el interior.

—Llevó su tiempo, pero por fin terminé.

Él observó el cuidado diseño. Silbó.

—Vaya decoración más bonita.

—Soy decoradora —dijo señalándole la cocina de estilo americano—. Toma asiento.

Laura sacó dos copas altas. Diego se sentó a la mesa y dejó el maletín al lado de la silla.

—Tengo que conducir esta tarde, así que solo me permitiré tomar la mitad de la copa —dijo ella.

Él alzó una mano al aire.

—Qué oportuno he sido. Tenía que haber avisado.

—No, no. La verdad es que me alegra verte. No he hablado con nadie desde que ayer se fueron los transportistas. Para una persona tan habladora y activa como yo eso es un castigo. Acabaría hablando con las paredes.

Diego abrió la botella y llenó las copas.

—A tu salud. Que seas muy feliz en esta casa.

—Gracias —dijo Laura cogiendo la copa y entrechocándola con la de él—. La parte de atrás está hecha una selva. Los anteriores propietarios, la verdad, es que no la dejaron muy cuidada.

Él miró por la ventana.

—Hay que tener cuidado en verano. Los mosquitos son terribles y, si tienes todas esas hierbas ahí, es un oasis para que se instalen y entren.

—¿Conoces a alguien que pueda limpiarlo y hacer la poda?

—Eduardo, el jardinero. Es él quien cuida los jardines de todas las casas de la zona. Dame tu número de móvil y te envío su contacto.

Laura se lo dio y al instante recibió el bip de mensaje recibido.

—Esta noche, si no regreso tarde, le llamo. Si no, mañana a primera hora.

Él sonrió.

—Entonces, te dedicas a la decoración.

—Sí, soy decoradora. *Interior Designer*, lo llaman ahora. Trabajo mucho online. Me reúno con mis clientes de manera virtual. En ocasiones, los visito para finalizar algún aspecto en concreto, pero principalmente todo mi trabajo es desde casa a través de internet.

—Desde que se acabaron las restricciones de movilidad por el coronavirus nos estamos adaptando a la nueva normalidad. Algunos expertos incluso predicen que la modalidad del trabajo a distancia ha llegado para quedarse.

—Cuando comenzó la pandemia del Covid-19, de repente me vi manejando con más soltura las herramientas virtuales. Y tú, ¿a qué te dedicas?

Cerró el puño a la altura del pecho alzando el pulgar y el índice en forma de pistola.

—Soy policía encubierto —respondió con una carantoña.

Ella rio.

—Porte sí que tienes.

—Soy ingeniero de telecomunicaciones —añadió con aspecto más serio—. Antes viajaba mucho, pero desde hace unos meses se redujo la movilidad en la empresa, y ahora nos reunimos con los clientes telemáticamente, desde la comodidad de una sala de conferencias.

Laura dio un último sorbo a la copa. Aquel hombre sabía mentir con destreza, con naturalidad.

—Un trabajo interesante.

—Bueno, no muy emocionante, pero sí complaciente en un sentido emocional, ya que ayuda a la creación de nuevas fuentes de energía para que la gente viva mejor y se adapte a las nuevas tecnologías. Dime, ¿por qué has venido concretamente a esta zona?

La pregunta no le causó sorpresa. Laura era conocedora del comportamiento humano. Todo su diálogo estaba calculado. Pasos. Pautas. Para una persona avezada en el interrogatorio de terroristas islamistas como ella, era obvio.

—En primer lugar, por la oportunidad de hacerme con una casa tan grande a precio muy bajo. En segundo lugar, por la tranquilidad. Poder trabajar sin ruidos. Y, en tercer lugar, por la conectividad, es una zona con muy buenas conexiones por carretera para llegar a Madrid. Por cierto, tengo que arreglarme y salir en media hora.

Diego captó la indirecta y se levantó. Vio el casco de una moto.

—¿Tienes moto?

—Sí, soy una apasionada. Tengo una Kawasaki Ninja.

Él silbó.

—Para sortear el tráfico, siempre viene bien.

—También para encontrar aparcamiento en Madrid. Él le guiñó un ojo al tiempo que le señalaba con el índice.

—Cierto. Aparcar en Madrid puede ser misión imposible. Se pierde muchísimo tiempo buscando dónde aparcar. Laura le acompañó a la puerta.

—¿Te apetece venir a comer este fin de semana a mi casa? —preguntó Diego tras cruzar la puerta—. Estaba pensando en hacer una barbacoa en el jardín.

—Me parece una excelente idea.

—No quisiera dar la impresión de ser un tipo muy pesado.

—Qué va.

Él mostró una sonrisa deslumbrante.

—¿De verdad? Sin compromiso alguno. Sin agobios.

—No los hay. Nos vemos este fin de semana. Tienes mi número. El viernes me confirmas qué día y la hora.

Laura quedó junto a la puerta cavilando la conversación y las formas de él. Cuando Diego cruzaba el jardín delantero, se volvió. Sus miradas se cruzaron. Él levantó el brazo y ella hizo el mismo gesto.

Una hora y media más tarde se encontraba en el Cervantes haciendo su labor contra el terrorismo islámico, monitorizando temas relacionados con la amenaza que representaba en España.

Volvería por la mañana en moto para retomar la misión. Se trataba de saber cómo gestionar el estrés y organizarse de manera correcta. Laura estaba acostumbrada a realizar varios trabajos al mismo tiempo.

11

En el Aeropuerto Internacional Chhatrapati Shivaji de Bombay había cientos de personas formando colas en las barreras acordonadas de inmigración. Provenían de varios vuelos llegados esa misma madrugada. Llegaban de países occidentales donde aquellos trámites apenas duraban diez veces menos de lo que experimentaban en la India.

Gregori estaba detrás de un grupo de mujeres con saris que sujetaban pasaportes británicos y no dejaban de hablar en inglés en voz alta con marcado acento británico.

Parecía que encontraban placer al hablar de tal modo en voz alta, dando a entender a los indios nativos que ellas, aun siendo de origen indio, pertenecían a una clase social más alta, inalcanzable para el resto.

Varios niños correteaban ruidosamente alrededor.

Cuando les tocó el turno, el repeinado funcionario indio no les dirigió la palabra, parecía tener prisa en quitárselas de encima.

Al llegar el turno de Gregori, este mantuvo la cabeza erguida con una sonrisa. El funcionario escudriñó su rostro y después observó el pasaporte, frunció los labios, pasó páginas, después volvió a mirar la cara del recién llegado unos segundos más, y como si estuviera pensando entre concederle la vida o la muerte, levantó el brazo para coger el matasellos, pero se acordó de algo.

El funcionario indio se giró y en idioma marathi preguntó a su compañero, que atendía otra cola de recién llegados, por el resultado del partido de críquet celebrado ese día. Esperó la respuesta manteniendo el sello en el aire, hizo un chasquido con la boca al conocer el resultado, se giró sobre su asiento y, entonces, bajó la mano con rapidez, selló el pasaporte y pasó el código de barras por un lector. Una copia del documento destelló en la pantalla, cerró el pasaporte, y sin mirarle a la cara, se lo devolvió al viajero dando un leve empujoncito por la superficie del mostrador.

A Gregori le dieron ganas de machacarle la cabeza. Caminó por la zona del cinturón de recogida de equipajes, pero no paró, siguió su camino, viajaba solo con una maleta de mano.

La zona de salidas estaba atestada de gente esperando a los recién llegados. Dejó atrás la muchedumbre y un grupo de conductores le ofrecieron sus servicios. Con mal humor, hizo caso omiso y se dirigió a la ventanilla de taxis, donde realizó el prepago hasta su destino, un hotel en el centro de Bombay.

12

Ni personal armado ni garitas de seguridad. La vigilancia exterior de la sede central del Centro Nacional de Inteligencia, a las afueras de Madrid, corría a cargo de sofisticadas cámaras de seguridad.

Frente a la avenida Padre Huidobro, pasaban numerosos vehículos que recorrían la A-6. Sin embargo, la entrada se realizaba por la calle Argentona, situada en la parte de atrás. Ahí, el personal de División de Seguridad controlaba el acceso a todo empleado y visitante.

El complejo estaba compuesto de cinco edificios, siendo el principal el central, al que se le denominaba Hexágono, donde los altos cargos tenían sus despachos. En la zona ajardinada del interior del complejo, predominaba un monumento en honor a los ocho agentes asesinados en 2003 en Irak.

Caminando por los pasillos de mármol, siempre brillantes, a sus lados, se podía apreciar la historia del centro, incluyendo fotografías en blanco y negro y en color. En esos serpenteantes pasillos, se mostraban regalos recibidos por directores de servicios secretos extranjeros durante sus visitas, pero también daban acceso a múltiples divisiones y dependencias de acceso restringido. En ciertas paredes, colgaban retratos al óleo de los antiguos directores del CNI.

En algunos casos, el visitante tenía que pasar unos controles más sofisticados que el de los aeropuertos, para acceder a determinados lugares del complejo de edificios.

Allí, nadie podía entrar con dispositivos electrónicos. Según presumía el sistema de seguridad interno, no había aparato tecnológico en el mercado que pudiera conseguir escuchar lo que allí se hablaba, debido a las modernas contramedidas electrónicas.

Para evitar cualquier tipo de interferencias y filtraciones, nadie se fiaba de nadie. Incluso, cada empleado solía tener su tarjeta monitorizada donde los miembros de seguridad interna, de conducta desprovista de amabilidad, pero efectivos en su trabajo, podían saber dónde estaba cada empleado y a qué pasillos había estado accediendo con su tarjeta electrónica.

Cada individuo estaba dispuesto a ser investigado. Lo peor que el CNI podía tener era un topo, un traidor y filtraciones de información. Aunque, también, un empleado cuyas actividades personales no fuesen éticas. Como aquella vez, cuando fueron informados por la Policía Nacional de que un pederasta, que había estado bajo investigación, resultó ser un funcionario administrativo del centro.

Diego Uribe pasó su tarjeta por el lector. Sonó un ¡bip!

y, acto seguido, tecleó un número y accedió a una pequeña habitación, donde un informático trabajaba frente a una serie de monitores.

—Tenías razón, hay algo extraño en tu nueva vecina.

—Dime.

—Cuento con partida de nacimiento, tarjeta de censo electoral, número de la Seguridad Social y tarjetas de crédito a su nombre. Además, la copia de su hipoteca, un documento notarial y factura de la agencia inmobiliaria que le vendió la casa. Todo limpio como una patena, tan limpio como si estuviera previamente programado.

—¿Detalles personales? Familia, amigos, novios, ex, dónde estudió...

—Nada.

—¿Direcciones? Aparte de su nueva casa, ¿dónde vivió antes de la mudanza?

—Nada.

—¿Y qué hay de su teléfono?

—Tiene contactos generales, los típicos. De hecho, tiene uno con el nombre de «mamá» al que responde una señora mayor.

—¿Y?

—Que esa señora mayor no existe. No puedo dar con ella ni con su nombre ni con su dirección, o dónde dio a luz a su supuesta hija Carmen Molina. Ni edad. Nada de nada. No existe.

—Entonces...

—No creo que su nombre sea Carmen Molina.

—¿Qué quieres decir?

—Que tengo la impresión de que tienes a un operativo como vecina.

—¿Una espía? Pero eso es imposible, nos habríamos enterado.

—Quizá sea extranjera y pertenezca a una unidad de operaciones encubierta.

Diego asintió meditabundo.

—Es lo más probable. Sí. Israelí o norteamericana, una de estas dos opciones.

—Si me pides mi opinión, te diré que todo apunta al servicio de inteligencia israelí. La tapadera es perfecta, ella es perfecta. Puedo indagar.

—No lo hagas, levantarás sospechas.

—Siento no poder ayudar más.

Diego seguía preocupado por cómo se estaban presentando los acontecimientos.

—¿Por qué crees que puede ser israelí?

—Ellos suelen utilizar mujeres como agentes en misiones en el extranjero. En la CIA, al contrario de lo que vemos en las series de televisión, no suelen aceptar que mujeres lideren misiones de este tipo.

—¿De qué tipo?

—Diego, date cuenta —dijo murmurando—. Si tu vecina de verdad es una agente extranjera, tiene un poder de decisión autónoma.

—Una espía no es lo mismo que una agente.

El informático asintió.

—Vale. Lo que quiero decir es que si es una espía que trabaja para un servicio de inteligencia extranjero, esa mujer tiene una fuerza individual, un dominio sobre sí misma excepcional. Habrá sido entrenada por los mejores. Aun forzándola en un interrogatorio, dudo que podamos obtener nada. Ni los iraníes del Vevak, con todo su entrenamiento en interrogatorios, consiguen obtener nada a los israelíes. Sería como querer extraer sangre a una piedra.

—Creo que será mejor enviar a un equipo y que la borren de la faz de la tierra, como hicimos con ese periodista que quiso indagar en nuestras actividades.

—No podemos.

—Si pudimos en aquella ocasión, ¿por qué no ahora?

—Si esa mujer trabaja para unos servicios de inteligencia extranjeros, quien esté por encima, la protegerá de todo mal. Incluso, teniendo grabaciones de ella realizando un acto delictivo, no podríamos utilizarlas como chantaje.

—¿Por qué es israelí?

—Puede que sea israelí. Pero si lo es, como apuntan los hechos, ellos no pararán hasta acabar con nosotros. Como la frase manida de las películas de Hollywood, nos encontrarán y serán ellas las últimas personas que veamos en este mundo.

—Entonces, ¿qué sugieres?

—Sigue tanteándola. Ella no sabe que tú sospechas... al menos todavía. Queda con ella, habla con ella, estudia a dónde quiere ir a parar. Mira a ver si puedes entablar cierta amistad honesta que pueda acabar en hablar más de lo debido al querer mostrar su confianza contigo. A lo mejor, en vuestra próxima reunión, no da a entender nada extraordinario, pero quizá a la siguiente, o a la otra, lo dejará entrever. Entonces tú estarás ojo avizor para que se disparen las alarmas. Obtén información sobre ella, entonces, podremos idear algún plan para deshacernos de ella.

—No me gusta esta situación. Yo quedaré con ella, pero mientras tanto, ve haciendo preparativos. Mantén al equipo listo las veinticuatro horas y queda a la espera de mi llamada.

13

Hassena se encontraba reunida con una humilde señora, cuyo marido se había suicidado al ser víctima de una serie de microcréditos, la herramienta financiera basada en los préstamos a pequeña escala.

La jefa del crimen organizado de Bombay solía recibir a todo ciudadano que hubiera pedido audiencia con ella. Antes, era un día a la semana el que abría las puertas del salón para que la gente pudiera entrar y, guardando turno, le expusieran sus problemas. Ella ejercía entonces de policía y juez.

No todo eran problemas, porque, en muchas ocasiones, acudían para presentarle sus respetos, para que bendijese a una joven pareja de recién casados o por el nacimiento de un nuevo hijo. Otras veces, deseaban escuchar consejos sobre decisiones empresariales e, incluso, sobre casamientos.

Sin embargo, la gente solía acudir a ella para que solucionara los problemas. Con independencia de lo que desearan, Hassena escuchaba y, casi siempre, satisfacía sus deseos.

Los indios, en especial los agricultores, que accedían a la financiación a través de microcréditos, encontraban serios problemas para devolver el dinero, llegando a producir dramáticas olas de suicidio a causa de la presión de los prestamistas.

El marido de aquella mujer había sido una de las miles y miles de víctimas de este tipo de préstamos, un instrumento adecuado para los pobres e ideado por la usura despiadada de las empresas, porque el endeudamiento hacía que las personas vulnerables lo fueran más.

Después de que la lluvia inoportuna destruyese la cosecha de algodón, el marido perdió toda esperanza de obtener alguna ganancia del cultivo de sus tierras. El año anterior, la sequía había acabado con cualquier beneficio que pudiera sacar de la tierra.

Como le contó la mujer entre sollozos, su marido, cargado de deudas, pidió un préstamo para mantener su granja y para pagar el casamiento de la hija de ambos. Pero, ante la presión de unos intereses muy altos, que él había firmado en el contrato, y no teniendo idea de cómo podría reponerse económicamente, se suicidó ingiriendo un veneno local.

Ahora, el prestamista quería apoderarse de la tierra; incluso, le había dicho que, si mantenía relaciones sexuales con él, sería compasivo con ella y con su hija, permitiéndoles seguir viviendo en la casa.

Hassena llamó a un asistente y le dio una serie de órdenes. Después, le prometió que haría sus convenientes averiguaciones.

Hassena siempre dudaba de la palabra de la gente, porque había quien mentía, y si ella llegaba a descubrir que alguien había intentado engañarla, el castigo que impartía era brutal, a veces, mortal. Le dijo a la mujer que nunca más recibiría una visita del prestamista y, que una vez que su personal hubiera comprobado que lo expresado era veraz, no tendría que preocuparse por el dinero que pidió prestado su difunto marido, que ella lo repondría y, además, le entregaría la misma cantidad para celebrar el casamiento de su hija y poder sostenerse económicamente hasta la siguiente cosecha.

Al otro lado de la habitación, el teléfono fijo sonó. Aquel aparato era utilizado para recibir comunicaciones de informadores. Un asistente levantó el receptor y escuchó. Se acercó a Hassena y le comunicó una llamada importante. Ella despidió a la mujer, que se fue dando las gracias una y otra vez.

Hassena se levantó poco a poco. Sus rodillas crujieron como ramas secas. Siempre que permanecía sentada por mucho tiempo, le sucedía igual en las articulaciones, uno de los numerosos castigos de la edad.

El oficial de inmigración que había sellado el pasaporte de Gregori, desde un rincón apartado de la sala de inmigración, le hizo saber la llegada al aeropuerto del sospechoso extranjero.

PARTE DOS
INTENTO DE ASESINATO

14

—¿Cómo te gusta la carne? —preguntó Diego, dando la vuelta con unas pinzas a un chuletón sobre la parrilla.

Laura terminó de dar un sorbo a su cerveza.

—La verdad es que no tengo preferencia. Como la cocines para ti.

—Estupendo —dijo añadiendo sal por encima.

El teléfono móvil de Diego sonó. Miró la pantalla.

—Llamada del extranjero. —Se disculpó antes de contestar y se alejó unos metros.

Laura se fijó en el cajón de llaves que colgaba en la pared, justo al lado de la puerta que daba acceso a la terraza. Se acercó con la excusa de echar un vistazo a la barbacoa.

Había una llave del *Audi*, entre otras. Sin duda, eran de repuesto y juegos sobrantes de la puerta principal y de las demás cerraduras. Una de latón, sería la de la entrada a la casa por el jardín. La sacó del gancho, se la guardó en el bolsillo, cogió una espátula fingiendo estar moviendo la carne sobre las brasas y volvió a sentarse.

—Por lo visto, hay banqueros que no descansan nunca —explicó él aproximándose a la barbacoa.

De repente, dos hombres surgieron de algún punto del jardín.

Uno de ellos, sacó una navaja y el otro una pistola. Por el aspecto y la pronunciación del español, se intuía que eran del norte de África.

—El dinero —gritó nervioso el de la navaja.

Diego se acercó y sacó su monedero.

—Déjalo sobre la mesa —ordenó el otro apuntándole con la pistola.

—Coged el dinero y marchaos antes de que venga la policía —pronunció Laura.

El de la pistola, cogió el monedero y se lo guardó en el bolsillo.

—Tú te callas, zorra.

—Los teléfonos móviles —dijo el de la navaja, aún más nervioso—. Venga, rápido.

Laura tiró el suyo sobre el tablero de la mesa y Diego hizo lo mismo.

—Dos putos *iPhone* —gritó el de la pistola—. Son unos putos ricos.

—Como se les ocurra pedir ayuda y veamos a la policía vigilando la zona, volveremos y los mataremos —amenazó el otro.

Acto seguido, los dos hombres se alejaron por donde habían aparecido.

Diego respiraba hondo.

Laura fingió estar afectada. Hacerse la tonta era lo más

inteligente que podía hacer.

—Maldita sea, qué miedo me ha entrado. Estoy temblando.

—Lo importante es que estamos bien —dijo él buscando un argumento de consolación, al tiempo que ponía su mano en el brazo de ella.

—¿No tienes cámara de seguridad?

—Me advirtieron que debía instalarlas, pero no me gusta ser grabado en mi propia casa.

—¿Qué quieres decir? ¿Te advirtieron? ¿No es la primera vez que estos robos a mano armada suceden en esta zona?

—El mes pasado, ocurrió en la casa de al lado. La comunidad de vecinos pensó que era un incidente aislado.

—Ya, pensaste que, denunciándolo, el precio de la vivienda se abarataría declarándose esta zona como insegura. ¿Es eso?

—Bueno —asintió él encogiéndose de hombros—, hubo quien lo argumentó.

—No es que quiera reprochártelo, pero hoy mismo contactaré con un conocido que trabaja en una empresa de seguridad para que instale cámaras en mi casa.

—Sí, visto lo que ha sucedido, creo que será la mejor opción para prevenir y mantener una mínima seguridad.

—Dios mío, nos han atracado a punta de navaja y a mano armada. Pero ¡¡qué sociedad es esta!?

La carne a la brasa se quemaba en la barbacoa. Diego suspiró y retiró la comida.

—Siento lo sucedido.

—Creo que deberías presentar una denuncia.

—Sí, lo haré —dijo él con amargura.

—Y cancelar tus tarjetas de crédito.

—Parece que tienes experiencia en este tipo de situaciones —argumentó Diego.

—Lo digo porque necesitaré el informe de la policía para hacer el reclamo a mi aseguradora. A mí es la primera vez que me atracan en la terraza de una casa particular.

Diego volvió a suspirar.

—Iré a comisaría de inmediato. Yo me ocuparé de ello.

Diego estuvo disculpándose mientras la acompañaba a su casa. Ella dijo que iba a pasar el resto de la tarde disfrutando de un baño caliente, lectura y una tila antes de ir a dormir.

—Bueno, somos afortunados —enunció Laura—. Al menos, debemos de dar gracias de haber salido indemnes.

—Supongo que sí. De nuevo, disculpa por el incidente.

—Ya habrá otra ocasión para disfrutar de una barbacoa con tranquilidad.

Tras despedirse, nada más entrar en su vivienda, Laura subió a su dormitorio y, del forro de una maleta que sacó del armario, cogió un teléfono móvil.

—¿Los han herido? —preguntó Varun Grover desde su departamento en El Cervantes.

—Estamos bien. Dime dónde están.

—Pues, según el seguimiento GPS de tu móvil, ahora mismo están entrando en Tres Cantos. Creo que circulan con una *scooter*. ¿Quieres que envíe apoyo?

—No. Un poco de aire fresco me vendrá bien.

—Laura, déjalo. Mando un par de operativos y que se encarguen ellos. No eches al sumidero la operación.

—Te he dicho que necesito estirar las piernas —añadió con tono tajante.

15

Riyaz citó a sus hombres en el apartamento que utilizaba como lugar de encuentro.

La ventana de la sala principal daba a la ciudad. Abajo, el sol golpeaba y brillaba sobre los numerosos coches que recorrían las calles de Bombay en hora punta.

Apenas había muebles, una mesa y unas sillas baratas de madera; periódicos atrasados y folletos de publicidad cubrían el suelo. Una cocina pequeña, que no parecía haber sido limpiada desde hacía tiempo, un cuarto de baño y una habitación trastero. Eso era todo.

Eran cuatro, contando con Riyaz; cada uno había traído una bolsa grande de lona.

Comenzaron. Se quitaron la ropa que llevaban puesta y se vistieron con uniformes de la policía. Todo estaba planeado. Una vez preparados, quedaron en silencio esperando la última instrucción.

Entonces el teléfono móvil de prepago de Riyaz emitió un sonido. Miró la pantalla. Se le informaba del lugar y la hora en la que se encontraría David Ribas.

Riyaz levantó la vista e hizo un gesto imperativo con la cabeza a sus hombres. Era hora de actuar.

16

Laura se montó en su moto y condujo hasta las afueras del municipio de Tres Cantos, situado a unos veinte kilómetros de Madrid, y a unos quince minutos de la zona residencial exclusiva donde se había sucedido el atraco. Aparcó junto a la acera, a pocos metros de la dirección que Varun Grover le había facilitado. Había anochecido y la amarillenta luz de las farolas alumbraba la calle.

El lugar parecía una zona industrial: edificios bajos y viviendas de una o dos plantas. Había varias construidas en ladrillo sin terminar, a las que habían puesto planchas de metal a modo de techo y puertas de madera.

Miró a ambos lados de la calle. No había nadie. Se acercó y pulsó el timbre. Desde el interior, escuchó portazos y música árabe. En principio, le parecieron cánticos religiosos, pero era una canción moderna marroquí.

—¿Qué quieres? —preguntó una voz con claro acento extranjero. Sin duda, era uno de los dos hombres.

Aunque la hora del día no era propicia, Laura quiso que se mostrara incrédulo y a la vez curioso.

—Soy de *Amazon*, traigo un paquete.

La puerta se abrió de golpe, pero cuando el hombre la reconoció, intentó cerrarla. Laura propinó una patada astillando la madera.

El hombre cayó hacia atrás, la espalda apoyada contra la pared.

Laura entró de súbito y le agarró la nariz con tanta fuerza que se escuchó romperse el cartílago. Lo arrastró por el suelo mientras gritaba. Al entrar en una habitación, le pegó una patada, desplomándose en el suelo; sangraba profusamente por sus ventanas nasales.

Era una habitación destartalada, con basura por todos lados. Un movimiento debajo de la cama. Laura lo vio. El segundo hombre estaba escondido.

Cuando se aproximó, la mano del hombre intentó cortarle el tobillo con un cuchillo. Laura agarró el borde del somier, lo levantó y lo volcó. Pisó la mano que sostenía el cuchillo y, agarrándole del pelo, le golpeó la cara contra el suelo con tan tremenda fuerza que le partió la nariz.

Laura se inclinó, lo agarró del pelo y tiró hacia atrás.

—¿Dónde están los móviles y la cartera? —le susurró tan cerca que podía sentir su miedo.

El hombre señaló el frigorífico. Sobre el electrodoméstico, estaba todo lo que habían robado. Al lado, colgaba un trozo de tela de color verde oscuro con frases en árabe sacadas del Corán.

—Si vuelvo a verlos, mi visita no será tan cordial como

la de ahora. Los mataré a los dos, mandaré a mis amigos para que les corten las manos. ¿Me has entendido?

El hombre asintió entre gemidos y toses y observó a su compañero inmóvil, desmayado. Ella le dio una patada en las costillas.

—No te oigo.

—Sí, sí. Nunca más robaremos, no haremos cosas malas.

Salió de la vivienda, cruzó la calle y se dirigió a una furgoneta que había aparcado minutos después de su llegada.

La puerta corrediza se abrió y ella tomó asiento.

Dentro, estaban Fabián y Tom, los operativos encargados de hacer vigilancia y seguimiento a Laura García durante toda la operación sobre Diego Uribe.

—Chicos, todo lo que nos quitaron está sobre el frigorífico. ¿Diego fue a comisaría?

—No —respondió Fabián.

—Vale, lo que suponíamos.

—No querrá que el incidente trascienda —añadió Tom—. Pero sugiero que, después de este suceso, tomemos alguna decisión.

—Si no piensa ir a comisaría para poner una denuncia —comentó Fabián—, quiere decir que, de un momento a otro, puede huir de España y presentarse en Latinoamérica a vivir la vida padre por el resto de sus días.

—Ahora entráis vosotros —dijo Laura tras reflexionar unos instantes—, cogéis a estos dos desgraciados y los lleváis a comisaría. Que llamen a Diego. Se le hace saber que se han encontrado sus pertenencias y las de su acompañante. Que le hagan esperar. Mientras, yo me meto en su casa y la registro de arriba abajo. Ya tengo ganas de terminar con todo esto. Joder, no somos una agencia de detectives ni policías investigando crímenes.

—Perfecto —dijo Tom.

Fabián frunció el entrecejo y señaló la vivienda; la puerta permanecía abierta.

—Me imagino que con los dos de ahí dentro no habrás estado entablando amistad.

—Así es. Y como no dejan de sangrar, que se mencione en el parte policial que robaron un supermercado y fueron arrestados peleándose entre ellos. Y un ciudadano fue quien alertó de la presencia de estos criminales.

—Algo se nos ocurrirá —aseguró Tom.

Laura abrió la puerta, bajó de la furgoneta y fue con paso decidido hacia su moto.

17

Gregori estaba tumbado en la cama y contemplaba el techo mientras esperaba la llamada. Un contacto local le iba a proporcionar un arma con la que consumaría la misión encomendada.

Hasta entonces, había triunfado porque era previsor, porque no corría riesgos. Desde su llegada a Bombay, no había salido de su habitación. Cuanto menos fuera visto en el exterior, mejor.

Sobre la mesa, el teléfono fijo sonó.

Gregori se giró y contestó.

—Míster Gregori, ¿ha tenido un buen vuelo?

—Sí, excepto por las turbulencias y el retraso de treinta minutos.

Aquella era la pregunta que estaba acordada y él había respondido con la frase como código: todo estaba bien, todo seguía el curso según lo planeado con anterioridad.

—Abajo le espera un coche. En el pórtico, mencione su

número de habitación al portero y este llamará al chófer para recogerle.

Tras colgar, se puso los zapatos y salió de la habitación.

Cuando entró en el interior del vehículo, el pasajero de al lado le dio la bienvenida a la India y ordenó al conductor subir la potencia del aire acondicionado.

Circularon por el centro ciudad.

—Me han comentado que buscas una pistola no rastreable.

—La verdad es que sea o no rastreable me da igual, ya que no tengo pensado quedarme en esta ciudad por mucho tiempo.

—Entonces, un arma de confianza.

Gregori se giró y le observó. ¿Le estaba tomando el pelo aquel mequetrefe indio?

—Quiero una *Glock 19*.

—No son baratas.

—Como tú has dicho, quiero una de confianza —replicó Gregori.

—De acuerdo —dijo—. Se giró hacia el maletero, con las rodillas sobre el asiento, abrió una bolsa grande y sacó una bolsa. Tras volver a tomar asiento, se la tendió—. Echa un vistazo.

Gregrori inspeccionó el interior.

—Esto es una *Glock 17*.

—Veo que entiendes de armas de fuego.

—¿Pretendías venderme algo distinto? —preguntó con un tono de voz airado.

El conductor miró por el espejo retrovisor y preguntó en marathi si todo estaba bien. Gregori pudo percatarse de que había sacado una pistola y la tenía sobre el regazo a punto de usarla si fuera necesario. El pasajero de atrás asintió con la cabeza.

—No, amigo. Solo es que no tengo la 19. Además, la *Glock 17* es un poco más grande y tiene más cargadores.

Gregori negó con la cabeza, pero debía aceptar lo que tenía.

—La diferencia entre ambos modelos es la facilidad de uso. Hubiera preferido una 19, porque es algo más pequeña.

Volvió a sostener la pistola, la desmontó y la examinó.

—Ahí tienes tres cargadores de diecisiete balas de nueve milímetros.

—¿Silenciador?

El indio frunció el ceño.

—Eso me costará un tiempo.

Gregori señaló al conductor.

—Podrías decirle que suba la música.

El indio se rio.

—¿Te gusta la música de Bollywood?

—Es pegadiza.

Dio la orden al conductor, y este, con una sonrisa de complacencia, subió el volumen.

Gregori introdujo la mano en la bolsa, y mientras el coche maniobraba entre el bullicioso tráfico, la preparó.

—Bueno, ahora llega el momento en el que te pregunto por el dinero.

—En mi habitación.

—Entonces dejas la bolsa aquí y mi hombre te acompañará. Una vez que tenga el dinero, te entregaremos el arma.

—Me parece correcto —dijo el ucraniano. Tras un breve

instante, añadió—: Disculpa, pero tengo que orinar. Debe de ser tanto café soluble que me he tomado desde mi llegada.

El indio dio unas instrucciones al conductor, este dio un volantazo, y tras meterse en una serie de callejuelas, frenó a pocos metros de un basurero público.

—Si la policía india ve a un extranjero haciendo sus necesidades en la calle, aprovecharía para meterle una multa con el propósito de ganarse unas rupias. Así pues, hazlo rápido y cerca del coche.

Gregori se giró, haciendo amago de abrir la puerta. Sin embargo, aprovechó el movimiento para tomar impulso. Sacó la pistola, apuntó al indio y apretó el gatillo. Sonó como un petardo.

El conductor no tuvo tiempo de reaccionar. Recibió otro disparo en la cabeza.

Gregori guardó el arma en la bolsa y miró al indio que estaba moribundo, boquiabierto a causa de la sorpresa; la sangre brotaba de sus labios; levantó la mano para agarrar al ucraniano, pero este le dobló la muñeca y se la dislocó. Con la boca abierta y preso de pánico, cayó inclinado hacia el respaldo del asiento delantero.

Antes de irse, Gregori sacó un pañuelo del bolsillo y limpió el apoyabrazos de su asiento. Cogió la bolsa con el arma, y con el pañuelo en la otra mano, abrió la puerta, se bajó y la cerró con el codo.

Caminó con apremio fuera del lugar y cogió un *autoricksaw* para regresar al hotel.

18

Laura comprobó que no hubiera nadie por los alrededores. El coche de Diego no estaba; ya había salido hacia la comisaría. Calculó que tenía cerca de una hora para hacer el registro.

Dio la vuelta a la casa y utilizó la llave para abrir la puerta del jardín que daba al salón. Cerró la puerta a su espalda y comenzó rápidamente la búsqueda de cualquier información que pudiera ser de utilidad.

Diego pertenecía al mundo de los servicios secretos y no habría dejado nada importante a la vista. Cajones y armarios serían lo primero que alguien revisaría. Donde un traficante escondería su alijo, Diego ocultaría documentos valiosos.

Tras el paso de los minutos, Laura se dio cuenta de que estaba perdiendo el tiempo. «Tengo que ser más metódica». Tomó asiento en un sofá, cerró los ojos y comenzó a realizar un plano mental de la casa. Entonces, cayó en la cuenta: no encontraría nada, nada en absoluto que incriminase a Diego Uribe.

La razón era porque sospechaba de ella. La había investigado. Tenía que irse. Siguiendo los parámetros de conducta, si ella estaba en lo cierto, él iría de la comisaría a su casa a entregarle el teléfono móvil.

Se levantó del sofá y asintió reflexiva. Había ordenado su ejecución. Era eso. En el tiempo en que había permanecido en su casa después del atraco, en vez de personarse en comisaría, habría dado la orden a terceros para deshacerse de ella.

Volvió a su casa y se hizo una taza de Nescafé. Miró por la ventana por si Diego hubiera llegado ya. No le gustaba nada la inactividad. No le gustaba nada el trabajo de infiltrada. Se sentía enjaulada. No era policía, como tampoco había sido entrenada para realizar el papel que estaba llevando a cabo.

Tenía una imperiosa necesidad de partirle la cara, poner patas arriba su casa y, bajo un severísimo interrogatorio, sacarle toda la verdad. «Y, en un par de horas, tendríamos la información. O, quizá, en cuarenta y cinco minutos. No tiene pinta de que durase mucho en un interrogatorio. En quince minutos, podríamos obtener todo y acabar con toda esta historia». Odiaba la inactividad.

Tenía el sentimiento de que estaba traicionando sus propios principios. No estaba en su campo. Aquello no era lo suyo. Era como ver series de policías resolviendo casos de asesinatos. Duraban una eternidad. Iban de casa en casa presentando a la audiencia distintos personajes con sus problemas familiares y personales, alargando los capítulos y creando nuevas temporadas.

En el mundo real, no se producía ningún trabajo detectivesco a lo Sherlock Holmes y, pocas veces, había un misterio por resolver: todo se resumía a ser un caso de drogas, crímenes por motivos de sexo, ira, alcohol o dinero.

Por fin, el timbre sonó. Laura se apresuró a abrir la puerta.

—Hola, Carmen. No adivinarás lo que ha pasado. Tengo todo lo que nos quitaron esos ladrones. Uno era argelino y el otro marroquí.

—¿Cómo ha sucedido tan rápido?

—La policía los ha detenido minutos después de salir corriendo de mi casa. Por lo visto, después atracaron un supermercado y, por algún motivo, se pelearon entre ellos en plena calle y fueron arrestados.

—Qué rapidez.

—Sorprendente, la verdad.

Le tendió su teléfono móvil.

—Muchas gracias. La verdad es que ya empecé a escribir correos a mis contactos informándoles que no intentaran llamarme porque había perdido el teléfono. Mañana tenía pensado ir a comprarme otro.

—Tengo que ofrecerte una disculpa formal. ¿Te apetece que cenemos juntos mañana?

—Por supuesto. Hay que celebrarlo.

—Feliz descanso.

Laura le deseó lo mismo, pero en su mente ya había detectado que, tanto el timbre de su voz como su movimiento corporal, eran otros. La orden estaba dada.

Ahora, solo faltaba esperar. Lo que menos le gustaba: esperar.

Diego Uribe había planificado su carrera con sumo cuidado, había forjado alianzas útiles y se había distanciado de cualquiera que pudiera entorpecer sus propósitos.

Estuvo trabajando en el CNI durante muchos años. Los suficientes como para ver carreras destrozadas y ver a unos cuantos subir de escalafón más por sus contactos personales que por méritos propios.

Detestaba caminar por el edificio con la llave electrónica, pasándola por el lector cada vez que había que entrar por una puerta. Desde administración, y por orden del director, podían prohibir el acceso a cierto empleado a determinado pasillo o lugar. Incluso, a los ascensores.

Qué deprimente era ver a compañeros que lo daban todo por salvaguardar los intereses de España y, de repente, verlos pasar una y otra vez la tarjeta electrónica que colgaban de sus cuellos por el lector y que este no les permitiera accionar la puerta.

Haría ya más de veinte años, pero lo recordaba como si fuera ayer. Qué humillación pudo ver en el rostro de un compañero suyo cuando, por la mañana temprano, todos los empleados cruzaban el vestíbulo y pasaban sus tarjetas por el lector y, ante él, no le abrió la puerta metálica. El servicio de seguridad se aproximó y le dijo que acudiese a la garita de recepción.

Diego pasó su tarjeta y, desde la distancia, notó el abatimiento de su hasta entonces compañero de departamento, más aún, la incomprensión del porqué le hacían pasar por semejante humillación.

Gente que le conocía de otros departamentos, con los que había interactuado o empleados de la cafetería que cruzaban el vestíbulo aquella mañana, le miraron de refilón y apartaron la vista como si fuera un apestado al que nunca más había que acercarse.

Diego se armó de valor. En aquella ala del edificio, trabajaban cientos de personas. En aquel momento, muchas de ellas hacían su entrada. Se abrió paso en dirección opuesta y pasó de nuevo la tarjeta. El personal de seguridad intercambió miradas entre ellos, pero sin cuestionarle.

Diego se acercó a su compañero. Tenía la imperiosa necesidad de mostrar su preocupación.

—Quizá se deba todo a un error —expresó con asombro.

—No, no lo es —terció su compañero.

Desde el interior de su cabina, el oficial de seguridad le señaló el pasillo lateral.

—Caballero, el director de Recursos Humanos quiere verle. Espere en la puerta lateral, que le tenemos que acompañar.

«Suerte», recordó que le dijo. Ya no lo volvió a ver. Era una persona muy inteligente, gran conocedor de la historia de la Guerra Fría. Se le ocurrían ideas brillantísimas. De hecho, varios éxitos en el departamento de Asia habían sido gracias a su intervención con sugerencias innovadoras y originales. Hubo quien le predecía un futuro muy alto en el CNI.

—¿Por qué? —se atrevió a preguntar Diego a su entonces director de departamento.

—No ha sido leal.

—Pero si los últimos éxitos que hemos tenido en el departamento de Asia han sido gracias a él.

Tras un instante de silencio, en el que su superior

dudaba de tener que dar explicación alguna, añadió:

—No me informó al tomar contacto de manera independiente con un operativo de campo.

«Válgame Dios», pensó Diego.

Así es como, a lo largo de los años, vio a personas, que eran grandes patriotas dispuestos a dejarse la piel por su país, tirados por sus superiores en el lodazal más infecto de mierda.

A otros, los vio quemarse anímicamente tras el transcurso del tiempo, por la falta de confianza que le mostraban sus superiores de departamento. Otros, se daban de baja por ansiedad. Otros, eran sometidos a una sanción disciplinaria y forzados a dejar el CNI, sin ruido mediático ni legal, por la cláusula firmada al comienzo de su dada de alta como empleados: temían quedarse sin pensión o sin compensación económica por el despido.

No tardó en darse cuenta de que el CNI era como un enorme Corte Inglés en el que estaban sometidos a una férrea vigilancia.

Aquello era como una enorme empresa privada. Entre unos y otros, se peleaban por ver a quien promocionaban de departamento y, de este modo, disfrutar de un sueldo más alto y de mejores privilegios.

Un lugar cuya cúspide de la pirámide estaba compuesta por carcamales, o no tanto, porque había unas mujeres guapísimas, quizá demasiado guapas y jóvenes. «¿Cómo tal figura había acabado de repente ocupando tal puesto de responsabilidad?». Un lugar donde cortaban la cabeza a quienes les hicieran sombra.

Las personas más arrogantes y despiadadas con los demás empleados habían sido mujeres.

Quien protestara mucho lo enviaban como castigo a un departamento de menor importancia que no tenía relación con su experiencia profesional. La trascendencia del departamento en el que se trabajaba se resumía en el nivel de seguridad al que se sometía a los empleados. Un departamento sin ventanas, donde trabajaban analistas frente a pantallas planas de ordenador, en mini compartimentos y atravesado por un largo pasillo, bajo el seguimiento de cámaras de seguridad; otro, donde para acceder había que pasar una tarjeta por un lector; uno más, donde además de pasar la tarjeta había que marcar un código de seguridad; y un último, donde además de la tarjeta y el código de seguridad y estar bajo el objetivo de cámaras, había que poner la impresión de la red vascular de la mano derecha.

Diego Uribe fue escalando de posición porque supo tragar y evadir los conflictos internos entre compañeros. Aquel comportamiento le fue consumiendo hasta acabar corrompido. Ni ética ni moral. ¿Qué sentido tenía ser patriota cuando ves que tu carrera profesional no tiene consideración alguna y que tus superiores no aprecian tu trabajo?

Con el tiempo, aprendió que, en el campo de la inteligencia, eran verdaderos especuladores: acordaban el surgimiento o caída de una nación según les convenía. Incluso, de partidos políticos. Realizaban informes y análisis de inteligencia para el partido político que estaba en el gobierno, y este, según su ideología, hacía una u otra cosa, y no por el bien de España.

No tardó en empaparse de aquel cinismo. Porque, lo

que parecía cínico, era seguir aparentando que la conducta de los gobernantes españoles era sincera.

Desde hacía unos años, comerciaba con información. Se lucraba vendiendo información, no importaba a quien. Incluso, a través de agentes de otros servicios de espionaje que actuaban como intermediarios, había vendido informes de inteligencia a servicios secretos extranjeros.

Tras la llamada dando la orden, trató de relajarse, pero no lo consiguió. Su subconsciente comenzó a trabajar en el rompecabezas. Su instinto le había ayudado en el pasado y ahora entreveía que su nueva vecina representaba una amenaza.

No, no se iba a quedar de brazos cruzados viendo cómo todo se iba al garete por culpa de la supuesta mujer llamada Carmen. Había hecho lo correcto.

Cuando Diego entró en su casa después del atraco, en vez de ir a comisaría, como dijo a Laura, hizo una llamada.

—Que sean rápidos, no quiero gritos ni ruidos.

—Tranquilo, ella no llegará a saber qué ha pasado.

Se sirvió un whisky y se fue al salón. Dejó el móvil en la mesa de centro, se tumbó en el sofá y quedó pendiente de la confirmación de que ya tenía una preocupación menos.

19

Al llegar a su habitación, Gregori se desnudó y se metió en la ducha. Cuando salió, recibió un mensaje en el móvil. Le informaban del lugar y la hora en el que se encontraría su objetivo.

Se vistió y preparó el arma. Cogió el periódico de tirada nacional que repartían en las habitaciones de los huéspedes, envolvió el arma y la guardó en una bolsa de plástico.

Cuando estaba dispuesto a salir con la bolsa en la mano, sonó el timbre.

Quedó de pie, observando la puerta, intentando percibir cualquier sonido que le alertara de peligro.

—¿Sí?, ¿quién es?

—Servicio de habitaciones.

Permaneció quieto un instante, precavido. Entonces, sonó un leve chirrido inconfundible de un carrito moviéndose sobre la moqueta del pasillo, el que usaba el servicio de la limpieza. No había peligro. Observó la estancia. Tenía todo en orden. Les dejaría entrar para hacer la habitación.

Abrió la puerta y un fuerte golpe lo echó hacia atrás, cayendo al suelo envuelto en la oscuridad.

Lo último que pudo percibir fue algo largo, musculoso y contundente que le dio de lleno en el rostro. Fue tan rápido e inesperado que no tuvo tiempo de esquivarlo. Quedó como quien recibe un puñetazo de un peso pesado en el cuadrilátero que le hace abrazar la lona.

20

Tres hombres se aproximaron a la casa. El que iba delante, sacó de una bolsa una lámina de plástico adherente y un pequeño martillo. Observaron el interior por la ventana. No vieron a nadie. Todo parecía estar en silencio. Ya habían sido informados de que no había perros ni alarmas. Iba a ser un trabajo rápido y limpio.

Laura García se encontraba leyendo una novela. Miró la hora en la pantalla de su móvil. Se levantó y fue al baño.

Un hombre pegó la lámina en un cristal, la apretó con la palma de la mano, después dio un golpe seco. Sostuvo la lámina hacia arriba, depositándola en el suelo, y los tres accedieron a la cocina.

Después de haber recorrido la planta principal, se dirigieron a las escaleras.

Al subir, el primer hombre observó luz en una habitación y una sombra moviéndose en el interior. Hizo un gesto de atención a sus compañeros, levantó el arma y se apartó de la pared.

Conforme subía, cambió de lado en el pasillo. Con las manos alrededor de la culata de su pistola, pegó una patada a la puerta, al tiempo que levantaba el arma para apuntar hacia la figura que se movía. Se quedó paralizado un instante: era un ventilador que movía un fino camisón, que colgaba sobre el respaldo de una silla puesta en medio de la estancia.

Demasiado tarde para reaccionar.

Un fuerte estampido.

Una bala le voló la cabeza.

Laura se movió con rapidez hacia un lado. Un disparo en la cabeza de otro encapuchado, que cayó hacia atrás; de inmediato, recibió otro disparo en el pecho.

Tan decidida estaba, que el tercero no la vio aproximarse, jamás se hubieran esperado tal reacción de supervivencia: otro disparo en la cabeza del tercero. Su cara estalló; cuando se desplomó, recibió otro disparo en el pecho.

Laura se asomó por las escaleras. Solo habían sido tres los intrusos.

Diego Uribe tomó asiento en el sofá. Levantó el vaso y apuró lo que quedaba de whisky. Cuando cogió el móvil para ver si tenía un nuevo mensaje, el timbre sonó. Lo primero que pensó fue que le iban a confirmar la noticia personalmente. Por este motivo, fue tan decidido a abrir la puerta sin observar al visitante por la mirilla.

Cuando la puerta se abrió, recibió un golpe justo debajo de la nariz. Cayó hacia atrás. Desde el suelo, alzó la mirada: Laura le apuntaba a la cara con una pistola.

—Tenemos una furgoneta fuera. Tú y yo iremos hacia ella. La puerta se abrirá y tú subirás. Si sales corriendo o muestras resistencia te meteré un tiro en una pierna. Entonces, no te llevaremos a ningún hospital. En vez de sentarte en un cómodo asiento, te tumbarás en el suelo boca abajo, desangrándote. Así que hazme caso y ven conmigo caminando muy despacio.

Diego estaba verdoso, como si tuviera náuseas. Ella se dio cuenta de lo impactado que estaba.

Salieron los dos juntos.

—Me asombra la calma con que te lo tomas. Eres israelí, ¿verdad? —preguntó con la cabeza ligeramente echada hacia atrás y sujetándose la nariz.

Laura fingió meditar la pregunta.

—Pertenezco a un grupo de guardianes de nuestra sociedad. Defendemos nuestra forma de vida contra gente que pretende que vivamos bajo otro régimen. No lo vamos a consentir.

—¿Cómo se llama? Quiero saber el nombre de tu empleador.

—Lo siento, pero nunca llegarás a saberlo.

Tom salió de la furgoneta y abrió la puerta corredera.

La sangre se evaporó del rostro de Diego Uribe.

21

David Ribas se encontraba en la Akhara, la escuela de lucha donde a diario se entrenaba, bajo las órdenes del veterano profesor e instructor llamado Jagdish Bhola, pero todos le conocían como Gurú.

Después de realizar el rezo diario con sus compañeros, y antes de comenzar los ejercicios en la arena, se aplicaba con ellos aceite de mostaza por el cuerpo, frotando con vigor cuello, codos, cadera y rodillas.

Vestidos apenas con un calzón llamado *langot*, durante la sesión de ejercicios, se tiraban al suelo y se revolcaban esparciendo arena y barro por todo el cuerpo. Levantaban hacia arriba y hacia abajo palos cilíndricos muy pesados de dos pies de largo, superando los límites de las técnicas de entrenamiento con pesas, así como mancuernas hechas de piedra y de madera.

Además, se colgaban boca abajo con ayuda de una

cuerda, o en postura de yoga, y realizaban una serie de movimientos para fortalecer el cuello en caso de colisión durante las peleas.

Los movimientos de los luchadores más veteranos eran frenéticos de manera sorprendente.

En ocasiones, y hasta acabar exhaustos, caminaban por el circuito de arena con pesados anillos de madera alrededor del cuello y realizaban sentadillas a las órdenes de Gurú o, incluso, con una pareja sobre sus hombros.

Después de la extenuante práctica diaria, que no podría rivalizar con una clase de *crossfit* o sesión de entrenamiento HIIT en un moderno gimnasio de Occidente, se tomaban un batido de leche de búfala en vasos de cerámica.

Una vez duchado y cambiado de ropa, se montó en su moto y enfiló por las estrechas calles. Su teléfono móvil vibró en su bolsillo. Aparcó en un lateral de la calzada. Era su informador. «Reunión importante. Chado Tea. ASAP».

Aparcó en las inmediaciones de la esquina donde estaba ubicado el puesto de té callejero, conocido como Chado Tea, compuesto por un único carrito al aire libre donde el vendedor tenía una botella de gas y un fogón y varios taburetes de colores desgastados alrededor. El lugar era conocido por su singular brebaje especiado.

Un grupo numeroso de devotos de una secta hindú aparecieron pegando saltitos, golpeando címbalos, aporreando tambores y canturreando mantras en sánscrito. Entre ellos, había rostros extranjeros.

Una joven rubia con el rostro pálido, con un aro en la nariz y un camisón naranja, pasó muy cerca de David Ribas, observándolo con la mirada perdida. David supo que estaba drogada, golpeaba los címbalos de forma autómata como si fuera un muñeco con pilas, ya que era una práctica común entre aquellos seguidores.

Se aproximó al puesto callejero y pidió un té masala. Sabía a jengibre y cardamomo y estaba muy dulce.

Mientras bebía el espeso líquido marrón del vaso de plástico, observó la calle. Era consciente de que, si algún día bajase la guardia, sufriría las consecuencias. No veía por ningún lado a la persona que le había citado.

A lo lejos, vio a un grupo de policías; algo normal en las calles de Bombay, pero había algo raro en ellos.

David se giró e hizo como que no les prestaba atención; sin embargo, en su cabeza analizaba como si su mente hubiera grabado lo visto antes. Pensó en la corpulencia, en el uniforme, en el peinado, en los rostros. ¿Llevaban gafas solares?, ¿de qué marca? ¿Había bolígrafos o nombres colgados en sus pecheras? Los cinturones, los zapatos.

Se giró al tiempo que alzaba el vaso y tomaba otro sorbo. Ahora, los cuatro policías se habían dispersado.

David pidió el periódico local al vendedor de té, dejó el vaso sobre un taburete de plástico y abrió el periódico. Mientras pasaba la mirada por las hojas, hizo un plano mental de la calle y de la forma en la que los cuatro estaban situados. No eran policías.

La persona que le había estado pasando información les habría hecho saber dónde encontrarlo, por un módico precio.

¿Cómo podían ser tan ingenuos? David Ribas había permanecido bastante tiempo en la India como para percatarse de que aquellos uniformes no eran oficiales, sino usados en la industria del cine.

En Bombay, se producía una ingente cantidad de películas. La industria cinematográfica en idioma hindi se denominaba de manera popular como Bollywood. En la ciudad, proliferaban las tiendas de alquiler de uniformes para proveer a los estudios de cine y televisión de todo tipo de material.

En aquellas tiendas con pasillos interminables, se podía encontrar de todo, desde pelucas, armas falsas, todo tipo de maquillaje, hasta mostraban catálogos por si requirieses coches o motos para alquilar. Pero, había un dato muy curioso: los encargados de producción temían que, aun teniendo los permisos oficiales, durante el rodaje en exteriores, la policía se personase y pusiese multas adrede por utilizar un vehículo de la policía o uniformes reales. En este sentido, las tiendas de alquileres, para evitar ser amedrentadas y pagar sobornos a la policía, alteraban uno o más detalles en los uniformes que alquilaban. Lo mismo hacían en los coches policiales alquilados para producciones audiovisuales, cuyas matrículas eran trucadas.

Hacía poco tiempo, se había aprobado, en el estado de Maharashtra, el cambio del uso del cinturón en el uniforme de la policía local en Bombay. Había una hebilla con distintivo policial que se había suplantado por otra mucho menos llamativa. También, el tipo de calzado fue sustituido debido al tiempo que permanecían de pie los oficiales; y, porque, según se mencionaba, el anterior causaba problemas en las rodillas y, luego, en la cadera. Con el fin de reducir las bajas y el absentismo laboral, se realizó este cambio. Aquellos hombres llevaban uniformes alquilados.

¿Cómo podían estar convencidos de que él pudiese

caer en una encerrona con tanta facilidad?, se preguntó David. Dobló el periódico, se terminó el té y tiró el vaso de plástico a la papelera.

Echó a andar por la calle después de devolverle el periódico al vendedor, pero no sin antes echar un vistazo a la posición que habían tomado aquellos impostores.

—¿Auto? —preguntó un conductor de *autoricksaw*.

David levantó la mano indicando que no.

Caminó con apremio con la intención de llevarlos hasta una calle menos concurrida, así no despertarían la atención cuando tuviera que enfrentarse a ellos.

Cruzó una calle y después, pretendiendo que no conocía la idiosincrasia de la ciudad, permaneció en medio de la calzada, entre dos carriles de coches separados apenas veinte centímetros el uno del otro. Esperó el momento oportuno a que pasaran los vehículos y, buscando un hueco, alcanzó con movimientos torpes el otro lado.

Llegó a una calle apropiada. La calzada era de una sola dirección. En cuanto se enfrentase a ellos, la gente echaría a correr para no verse involucrada, pensando que los cuatro policías estarían haciendo una redada o deteniendo a un tipo peligroso.

Fingió mirar la hora, a pesar de no llevar reloj. Se paró y se dio la vuelta. Dos iban caminando por la acera; los otros, por la opuesta.

Uno de ellos, le sonrió y David le devolvió la sonrisa. Justo cuando estaban a punto de detenerse junto a él, David agarró por la muñeca izquierda al que iba por delante, tiró hacia su derecha, golpeando en el rostro al otro tipo, al tiempo que le asestaba una rápida patada en la entrepierna; al doblarse, le propinó un rodillazo en plena cara, cayendo al suelo. Su compañero hizo amago de propinarle un puñetazo, pero David le apartó el brazo golpeándolo con el antebrazo izquierdo y, con el canto de la mano derecha, le golpeó la nariz, partiéndole el cartílago.

En la mente consciente de los otros, se preguntaban: ¿qué ha pasado?, ¿qué ha sido eso?, ¿cómo los ha dejado en el suelo? En sus mentes inconscientes pensaban: ahora se va a enterar, le vamos a dejar como un colador, desangrándose hasta morir en la acera.

Sacaron sus navajas y cruzaron con rapidez la calzada.

David se percató de aquel gesto: iban caminando hacia él con la hoja de las navajas ocultas en las muñecas.

El primero se paró a un metro de David y alzó un puño como distracción mientras que, con la derecha, pretendía clavarle en el estómago la hoja. Pero David adivinó sus intenciones y le asestó una patada en la espinilla de la pierna izquierda. Fue tan duro el golpe que el hombre cayó al suelo soltando un alarido.

David aprovechó ese momento para arrebatarle la navaja, y sujetándola con la hoja hacia abajo, se la clavó en el cuello.

El cuarto hombre era Riyaz. Por la rapidez con que movía la navaja y su seguridad y destreza, David dedujo que se había sometido a una dura formación.

Riyaz comenzó a moverse con agilidad mientras David esquivaba sus ataques buscando el punto flaco para atacarle. Lo encontró.

David dio unos pasos hacia atrás para que Riyaz se acercara. Cuando lo hizo, poniendo el pie derecho más adelantado, David se abalanzó como un luchador de esgrima y le asestó una cuchillada en el cuello, luego otra, y una tercera en el estómago.

Riyaz cayó hacia atrás golpeando un coche aparcado.

Era tiempo de irse, la policía no tardaría en llegar.

22

El Cervantes tenía estaciones de escucha en todo el mundo. Podía controlar el tráfico de internet de cualquier individuo, además de escuchar a través de su teléfono móvil o cualquier aparato electrónico. Poseían una serie de ordenadores que se dedicaban de forma exclusiva a detectar toda palabra clave en millones de llamadas, mensajes de voz, correos; cualquier cosa sospechosa que fuera de ayuda para la lucha contra el terrorismo e identificar a individuos y localizar objetivos.

Varun Grover hackeaba y recopilaba datos en su departamento informático. Seguía el rastro del dinero de personas sospechosas y se metía en los ordenadores de unidades de inteligencia financieras y agencias policiales. La finalidad estaba en seguir el rastro del dinero hasta, con suerte, los financiadores del terrorismo.

Si descubría una pista positiva, su equipo informático no hacía otra cosa, excepto trabajar en el caso como sabuesos que persiguen un hueso escondido en algún lugar de un jardín.

Diego Uribe no tuvo que ser sometido a un interrogatorio severo para que confesara todo. La idea de ser víctima de un daño corporal le llenaba de pánico. No quería ser golpeado ni torturado con avezados experimentos de interrogatorio. Prefirió hablar y que su final fuese rápido y sin dolor.

Se había lucrado de forma desorbitada como intermediario, a base de cobrar comisiones por la venta de información secreta.

Como había ido investigando Varun, tenía contactos increíbles en el mundo árabe. Había recibido millones de euros del rey de Marruecos como comisiones, incluso, por la venta de vehículos militares del ejército español.

Lo más revelador fue escuchar la confesión sobre Lince, el agente operativo de la inteligencia española infiltrado en Marruecos, la persona que había ido vendiendo información confidencial a los marroquíes.

Tras el interrogatorio, se deshicieron de Diego Uribe. Le produjeron una parada cardiorrespiratoria, le llenaron la sangre de alcohol con altos niveles permitidos, lo metieron dentro de su coche y lo tiraron por un barranco.

El informe policial del siniestro y la autopsia no presentaban duda alguna sobre lo sucedido: cometió una imprudencia al conducir bajo los efectos del alcohol, por lo que el CNI creyó que todo había sido un desafortunado accidente.

—Bien, esta es la primicia: Lince —dijo Julián Fernández señalando una fotografía puesta en la pantalla—. Hay que ir a por él de inmediato para frenar el daño que están causando a España. No sabemos la cantidad de documentos e informes de inteligencia que habrán vendido a Marruecos. ¿Varun?

El indio se levantó y tomó la palabra.

—Su nombre en clave es Lince. Su nombre de nacimiento, Aitor Sierra. Es un funcionario del gobierno español adscrito al CNI.

—¿Adscrito? —interrumpió Laura—. Entonces, es lo que llaman un «colaborador». ¿No es un agente operativo?

—Así es, no es agente operativo de campo —prosiguió Varun—. Desde hace más de una década, ha trabajado como uno más de la legión de colaboradores o confidentes asiduos del CNI, remunerados con dinero procedente de los fondos reservados —añadió.

—O dinero negro —puntualizó ella.

—Sí, o dinero negro —ratificó Varun—. Se ha debido de pasar horas escuchando las soporíferas charlas teológicas de imanes y religiosos musulmanes. Se ha encargado de hacer un seguimiento a personas susceptibles de radicalizarse. Según fuentes de inteligencia, Lince tiene un conocimiento del islam que supera al de muchos que han nacido en una sociedad musulmana. En sus comienzos se infiltró en núcleos de izquierda radical para espiar al Frente Polisario.

»Más tarde, sus trabajos se enfocaron en recabar información sobre el núcleo cercano al rey de Marruecos. Comenzó a obtener información privilegiada sobre temas económicos gracias a que logró infiltrarse en reuniones restringidas de importantes empresarios marroquíes. En esta etapa, fue cuando Diego Uribe comenzó a interesarse por él.

—Dame luz verde —soltó Laura a Julián.

Él negó con la cabeza.

—Te lo dije hace ya un tiempo, Marruecos es campo vedado para ti.

—No van a secuestrarme, maldita sea.

—Por el amor de Dios, Laura. Aquí ya tienes suficiente trabajo. En países musulmanes, ningún hombre te tomará en serio. Eres una mujer. Tus movimientos estarán limitados. Allí, a escasos metros, cualquiera notaría que eres una mujer occidental que no cuadra con el paisaje.

—En los países musulmanes, a pesar de que hay reglas, hay necesidades y, por tanto, vías. Sé cómo inmiscuirme en la sociedad.

Julián negó con la cabeza.

—Marruecos no es Oriente Medio, Laura. No insistas. Mi respuesta es un no tajante.

—Maldita sea —replicó ella mordiéndose el labio antes de claudicar—. Está bien.

—A Aitor Sierra lo conocí hace años —dijo Julián—. Fue un reclutador cuando existía en el CNI la organización clandestina de antiterrorismo. Más o menos, ¿cuándo comenzaron la relación?

—Hace unos cinco años —respondió Varun—. Según lo que he podido averiguar, el CNI le proporcionó la más alta tecnología para grabar a miembros del círculo más cercano a Mohamed VI y espiar a los empresarios marroquíes. Cámaras en bolígrafos, en botones, en mecheros, en relojes, etcétera. Como Marruecos ha constituido ya desde hace años una potencial amenaza territorial a España, se le ordenó que buscara toda información relativa al Makhzen, palabra que, como ya sabéis, se traduce como «almacén», que es como se denomina al verdadero centro de toma de decisiones que actúa en la sombra en el gobierno marroquí.

»Estrategas militares, corresponsales de prensa, componentes de la realeza, dirigentes públicos... En fin, toda información de temas relacionados que se movieran por ese poder paralelo al rey de Marruecos. Quién y cómo hablaban del Sahara Occidental y quién pregonaba maldades indecibles sobre el gobierno de Argelia. Los informes que enviaba al CNI eran de gran valor. Las intrigas y peleas personales en el entorno de Mohamed VI han sido consideradas de las más jugosas para el CNI.

—Siempre es importante saber quién detesta a quién... —interrumpió Julián—. Los rumores malsanos y las enemistades son una fuente maravillosa de información. Sigue, sigue —le apremió.

—Proveía de información privilegiada al CNI. Hasta detalles insignificantes en los edificios del gobierno de Marruecos, como fotografías enmarcadas en las paredes, tipos de bolígrafos, vestimenta... Según lo que he averiguado, era muy detallista, porque sabía lo que podía interesar a los analistas de inteligencia: afecto a personas, materiales, tendencia en el modo de vestir, comportamiento en público, vinculación a ciertas ideologías...

»Entraba en viviendas y oficinas vacías con absoluta profesionalidad, copiaba, leía y abría toda la correspondencia, se hacía con teléfonos móviles e instalaba programas prácticamente invisibles, para que trasmitieran el audio; micrófonos en lámparas, ventiladores y enchufes. Lince era todo un manitas.

»Y, gracias a la instalación de *pendrives* trucados en ordenadores ajenos, consiguió copiar importantes documentos del personal del gobierno de Marruecos. Los informes que redactaba eran muy explícitos; quién se encargaba de los protocolos alrededor de la figura de Mohamed VI, la lista de la tripulación de su yate, a quién invitaba, el número y jerarquía del servicio de seguridad privado del rey, sensores de movimiento en ciertos puntos de edificios públicos, número de cámaras de seguridad, lista de los chóferes empleados por las personas que orbitaban por la casa real, sus números de matrícula, quién se encargaba del mantenimiento mecánico...

—En fin... que era muy bueno en su trabajo, pero con el tiempo acabó desencantado por la retribución económica del CNI —claudicó Julián—. Diego Uribe apareció un día de manera imprevista en su vida, le hizo una oferta muy tentadora y ambos comenzaron a lucrarse vendiendo información. Atrás, quedó aquella solitaria, pero apasionante profesión. La vida llena de adrenalina, emoción y orgullo personal se convirtió en actos de traición.

—Los ojos se le abrieron —añadió Laura—. Oyó los cantos de sirena de Diego. Y se debió de dar cuenta de que en el CNI les importaba una higa que acabase sus días en la mugre de Marruecos, viejo, y no siendo rico.

—¿Por qué una persona iba a trabajar como infiltrado en un país musulmán pasando tantas penurias?, ¿por qué?, ¿por un sentido de patriotismo? —se preguntó Varun en voz alta—. Quizá, al comienzo de su carrera, existiera ese sentimiento de estar protegiendo a tu país, pero cuando alguien del CNI le habla sin tapujos de lo mal que cobra, a pesar de sus valiosos informes y el riesgo que corre, que no cotizará ni recibirá pensión alguna porque todo lo que cobra es con dinero negro, esa persona que una vez fue honrada, se cree engañada y, entonces, acepta lucrarse, aunque sea de manera ilícita y traicionando a su país.

—¿Creéis que después de este traidor no habrá más? —preguntó Laura—. ¿Cuántos traidores como Lince hemos eliminado y, aun así, siguen apareciendo en los momentos menos oportunos?

—Creo que no debes cuestionarte todo aquello por lo que has trabajado —dijo Julián—. Hoy, seguimos afrontando nuestra peor amenaza, el fundamentalismo islámico; de los nacidos aquí y de los que tenemos infiltrados por la masiva entrada de inmigrantes. Tenemos que hacer un exhaustivo seguimiento de una lista de sospechosos para evitar que, con ingeniosas bombas dentro de sus calzados, se hagan estallar en aeropuertos o estaciones de tren. Si nos descuidamos, si bajamos la guardia, muere gente. Muere mucha gente. Y, aun así, en muchos casos, ya no necesitan sofisticadas armas de fuego ni peligrosos explosivos, sino que cogen un cuchillo o un machete y van apuñalando a la gente por la calle.

—El ejemplo es la banda terrorista ETA. Los asesinos andan por las calles sin pagar por sus crímenes, tienen un partido político y los tenemos en las instituciones.

—Fueron los políticos, Laura. No nosotros. Eso no tiene que ver con nuestro trabajo.

—Pero ellos favorecen la inmigración ilegal. Mira cómo Cataluña se está llenando de islamistas africanos.

—Laura, no veas las cosas de ese modo, porque entonces puedes quedar desenfocada en tu trabajo.

—La guerra que tenemos en la actualidad con el islamismo radical, esta guerra contra el terror, podría ser mero humo. Nunca va a acabar.

—Por suerte, no los detenemos—aseveró Julián—. Así contribuimos, cortando cabezas de esta hidra. Esos mal nacidos pretenden mutilar y matar a los ciudadanos de nuestro país. Tú, con tu trabajo, estás contribuyendo a evitar sus propósitos. Tú salvas vidas. Aquí salvamos vidas. Este es el objetivo de El Cervantes: proteger a España.

—Si los detuviésemos, nuestros políticos no tardarían en ponerlos de patitas en la calle o en indultarlos —murmuró Laura.

—Hace muchos años, tantos que ya ni me acuerdo, en España se detenía a criminales y se les ponía en la cárcel. Entonces, estabas convencido de que con eso conseguíamos aumentar la seguridad en las calles. Pero, ahora, los sueltan debido a un giro de opinión de nuestros políticos. Por lo tanto, hay que permanecer al margen. Con ellos, tan solo debemos lidiar.

—Estoy de acuerdo —intervino Varun—. Ahora mismo Aitor Sierra, Lince, debe conocer la trágica noticia del supuesto accidente de Diego Uribe. Aunque, como buen espía, no debe creer en las casualidades, habrá acabado admitiendo que ha sido verdaderamente un accidente porque se lo habrá confirmado de tal modo el CNI.

—No creo que la noticia le haya afectado tanto como que le sepa mal el afanoso cuscús o los tajines de pollo —observó Laura—. Al contrario, con Diego Uribe en el otro barrio, él tiene manos libres para ganar más dinero.

—En efecto —dijo Julián—. No creo que Lince sea un espía que sufre crisis emocionales o delirios de no tener claro cuándo es el personaje que interpreta y cuándo es él mismo. Por la descripción que Varun nos ha hecho de su labor de infiltrado en el CNI, psíquicamente, es una persona muy fuerte. Por lo pronto, ordenaré que vigilen sus movimientos y lo cazaremos cuando organicemos un plan de ataque.

»Por cierto, Laura. ¿Qué te dijo Diego Uribe sobre cómo pudo convencer a Lince para traicionar al CNI? Me llena de curiosidad saber cómo pudo gestarse tal alianza.

23

Todo se fraguó cinco años atrás en una cafetería de Madrid.

En el mundo de los servicios secretos, como controlador, Diego Uribe jamás compartiría en el CNI el nombre de la persona que reclutaba y que iba a trabajar con él.

La identidad de Lince solo era conocida por Diego y un administrativo que usaba un código de cinco números para identificarlo, ya que sus informes y datos se preservaban en un potente ordenador.

Comenzaron conversando de temas que no tenían nada que ver con el objetivo de la reunión.

—Los españoles somos tan políticamente correctos que dan la bienvenida a todo inmigrante ilegal en sus comunidades autónomas —comentó Diego—. Ni siquiera se les permite preguntar por qué sus ciudades se están llenando de tantos musulmanes. Cuando haya mayoría demográfica, se enterarán de que es tarde para reaccionar.

—Para ese tipo de musulmanes que adopta España, un ser humano que no cree en Alá no es un ser humano. Es inferior a un animal, más inferior que una cucaracha que se arrastra por el suelo y a la que puedes aplastar. Para ellos, somos un escupitajo. Te lo digo yo, que llevo como infiltrado en Marruecos y Argelia el tiempo suficiente como para saber a ciencia cierta de lo que hablo.

—De esa experiencia, quiero que hablemos —soltó Diego de repente—. Careces de amparo legal y puedes acabar en la cárcel. Al CNI, Aitor Sierra le importa un carajo. Bien que eres un agente extraordinario, pero no dejas de ser prescindible. Eres conocido por tu alias, Lince, y un número. Tus informes los remitimos a los analistas correspondientes, ellos subirán de escalafón, se les irá subiendo el sueldo y gozarán de una jubilación dorada. Tú, no. Tengo pruebas fotográficas en las que se te ve grabando y fotografiando el despacho de un militar marroquí, y por las que puedo hacer que el servicio secreto de Marruecos te meta en la cárcel. No hace falta que te describa en qué tipo de celda te encerrarían y con quiénes compartirías tus días de prisión.

Lince sonrió. Aquel hombre que tenía enfrente era el clásico empleado de la sede central que rezumaba una actitud desdeñosa hacia los demás agentes del CNI. Típico melifluo que creía que se las sabía todas, que jugaba a ser una versión del ambicioso y calculador Gordon Gekko de Wall Street, pero en versión analista de inteligencia.

—Se te olvida que tengo actas notariales.

—No me hagas reír —repuso Diego sonriendo—. Esas actas de manifestación a las que te refieres, ¿son estas? —Sacó una carpeta de su maletín y la abrió: fotografías, planos, documentos, informes, listados de empleados en embajadas de España en Argelia y Marruecos, personal diplomático y demás información clasificada—. ¿Es todo esto con lo que pretendes blindarte social y judicialmente? Seamos realistas: careces de amparo legal. Hago una llamada y los hombres que esperan fuera te arrestan de inmediato. Que digas tonterías como que has colaborado para el CNI no será argumento para impedirlo. ¿Pruebas? Ninguna. Para el CNI, no eres más que una mierda de albóndiga de esas asquerosas con las que los moros hacen lo que llaman «guisado» y que en Occidente aplastan y llaman «hamburguesa». Te gusta el dinero, quieres una jubilación de oro y no quieres ir a la cárcel, así que haz lo que yo te propongo.

Qué ingenuo fue en creer que era una especie de héroe anónimo que defendía a los españoles de amenazas inminentes. Si su superior se comportaba de ese modo, ¿qué estarían haciendo otros?, ¿por qué él iba a ser diferente?, ¿por qué iba a navegar a contracorriente?

—¿Por qué?

Diego respiró hondo y se incorporó.

—Porque haces un trabajo extraordinario en Marruecos, porque eres un tipo con suerte al presentarse una persona como yo en tu vida y darte la oportunidad de cambiarla de forma extraordinaria.

—¿Por qué? —volvió a preguntar.

—Napoleón dijo algo así como que prefería estar rodeado de generales con suerte que de generales inteligentes.

Lince frunció el entrecejo y le miró a los ojos.

—¿Por qué?

—Porque tienes barba, identidad árabe, conoces el idioma, tienes contactos y acceso a lugares restringidos. Porque el valor de la información que puedes conseguir vale su peso en oro. Ya son muchos porqués.

—¿Cuánto es ese peso en euros? —inquirió él, a la vez que miraba a su alrededor.

—Podríamos decir que, como mínimo, entre doscientos y trescientos mil euros —murmuró Diego—. Dependiendo del valor de la información, podríamos obtener incluso un millón.

Lince asintió.

—Me interesa.

Desde entonces, se fraguó una relación mercantil entre ambos. Vendieron informes a Argelia, a Francia, a los británicos e, incluso, a los americanos.

Desde aquella reunión, Aitor Sierra supo que su trabajo como Lince, hasta entonces silencioso y secreto, nunca había sido apreciado en el CNI, como tampoco por los responsables de la defensa y seguridad de España.

24

Lince estaba sentado en una ruidosa cafetería en Rabat, sopesando su posición. Respiró hondo, sereno, y pensó en su situación. La muerte de Diego Uribe había sido un suceso imprevisto.

Desde el inicio de su relación con él, la venta de informes de inteligencia le había proporcionado una fortuna de dieciocho millones de euros. ¿Y si fuese el momento de desaparecer?

Cuando salió del local, permaneció de pie frente a la puerta del establecimiento, en previsión de algún acontecimiento. Recorrió la calle con la mirada buscando observadores. Divisó con el rabillo del ojo a un sospechoso.

Cuando un equipo de seguimiento está vigilando a un objetivo, suele haber una persona situada frente a la puerta del edificio. Esa persona no se mueve de su puesto, queda pendiente únicamente de la salida y entrada del objetivo. Solo en caso de que el operativo de seguimiento sea menor de tres agentes, se movería tan pronto viese al objetivo salir a la calle, haciendo el seguimiento desde la distancia.

Era la sensación más espantosa que había experimentado en muchos años. Estaba bajo vigilancia. Era la primera vez que le sucedía en Marruecos. Estaba quemado, su carrera estaba terminada. El latido de su corazón redoblaba en su cabeza como un tambor; debía guardar la calma, mantenerse sereno y actuar conforme estaba entrenado.

Fingió recibir una llamada, sacó del bolsillo el teléfono móvil, miró la pantalla y contestó con aire distraído. Dio un giro sobre sí mismo, alzó la cabeza al cielo, al tiempo que balbuceaba palabras, y comenzó a caminar.

Desconectó la falsa llamada y, mientras caminaba, miró en la pantalla todos los rostros que había grabado con la cámara del móvil. Amplió imágenes aquí y allá. Se fijó en una persona específica y retuvo esa imagen en su memoria. Se guardó el móvil en el bolsillo.

Lince era un profesional avezado en estrategias de inteligencia: cambiar de acera, coger un taxi, pararse frente a un escaparate y observar el reflejo en los cristales para estudiar los rostros de los viandantes, por si eran los mismos con los que se había cruzado con anterioridad; entrar en centros comerciales y salir por puertas opuestas, dejar caer al suelo un objeto para agacharse y echar una discreta mirada hacia atrás...

Siempre las precauciones eran aparatosas y, en muchos casos, desmesuradas. Todo ello podía conducir a una persona normal a la paranoia. Pero esa precaución era la que debía tomar un agente de campo para prevenir que le espiaran.

De repente, se paró y preguntó a un viandante por una dirección, lo que le permitió observar atrás y alrededor mientras el ciudadano marroquí le indicaba con aspavientos hacia dónde debía dirigirse.

Cuando reanudó el camino supo que le estaban siguiendo a pie dos agentes coordinados. El tercero, siguiendo el manual, se había quedado atrás porque habría otros dentro de los vehículos circulando por la calzada.

Avanzó por la acera y dobló la esquina. Mientras continuaba andando, oyó un vehículo frenar a su espalda, al tiempo que emitía un chirrido. Eran ellos, dedujo.

Miró por encima de su hombro y vio a tres hombres saliendo de un *Renault Clio*. Torció de nuevo en una esquina y entró en un centro comercial. Se mezcló con la riada de compradores en la entrada. Lanzó una rápida mirada a sus espaldas y vio a sus seguidores que se dirigían hacia el centro comercial.

Se escabulló entre un grupo de gente mientras se quitaba la chaqueta deportiva y le daba la vuelta, apareciendo otro color. Vigiló por los cristales de los escaparates y subió y bajó escaleras para asegurarse de que no le seguían. Quiso realizar una última comprobación entrando en una tienda de calzado. En el interior, se situó frente al escaparate, observando el exterior.

Salió del centro comercial por la misma entrada que había tomado. Ya en la calle, avanzó hasta llegar a una plaza. Caminó alrededor de ella y, luego, volvió a recorrerla en dirección contraria para estar por completo seguro de que no había nadie siguiéndole.

Los había perdido, pero no se podía permitir bajar la

guardia. En aquellos momentos, estarían rastreando la ciudad en su búsqueda.

Aquello había supuesto una advertencia. Tenía que huir de Marruecos de inmediato. Tenía que marcharse lo antes posible, sin más dilación. Afeitarse, cambiarse el peinado, modificar su movimiento corporal y la ropa: debía transformarse en una nueva persona con una nueva identidad.

Una cosa más debía hacer antes de huir: ganar tiempo. Y, para ello, tenía que cometer un crimen.

Una vez hecho, decidió viajar a Singapur y, como lo había planeado en caso de emergencia, de ahí, a pasar su jubilación dorada en Bali y Borácay. Pero antes tenía que visitar la India, donde tendría que reunirse con una persona muy especial.

Cuando los operativos entraron en su apartamento, encontraron un cuerpo desnudo en la bañera. Estaba mutilado, sin manos y sin cabeza.

25

Cuando en El Cervantes se enteraron de la versión oficial que se había tragado el CNI sobre la noticia del asesinato del colaborador Aitor Sierra, a manos de extremistas islámicos, supieron de inmediato que era mentira.

En Madrid, tuvieron la imperante necesidad de que no trascendiese la noticia de que la víctima trabajaba para el CNI y, desde la embajada, nadie reclamó el cuerpo. Se emitió un documento en el que se afirmaba que se trataba de un español con pasaporte marroquí.

El gobierno de Marruecos estaba más preocupado por destruir enemigos políticos que en resolver crímenes. Por eso, incineraron el cuerpo sin hacer muestras de ADN. A ellos tampoco les interesaba que la noticia de que se había cometido semejante asesinato en la capital de Marruecos, el principal centro administrativo y político del país, se hiciera pública.

—¿La India? —preguntó Julián—. ¿Habrá sufrido alguna crisis emocional? ¿Pánico?

—Quizá, como enlace a otro destino —sugirió Laura.

—Sí, es lo más probable —añadió Julián, pensativo—. Su destino debe de ser algún lugar de Asia.

—Al enterarse de la muerte de Diego Uribe, habrá considerado dejar de colaborar con el CNI —continuó Laura—. En los agentes infiltrados como Lince, es comprensible que un día u otro llegue ese hartazgo en la profesión y, en su caso, las actividades con Diego Uribe lo habrían demorado más de lo que había imaginado. El tiempo le hizo comprender que el gobierno de España tiene intereses propios. Es frustrante conocer que tu tiempo y esfuerzo, en algunos casos, incluso, jugándote la vida, no es en absoluto considerado ni agradecido.

—Eso es así, desde luego —dijo Julián—. El devenir de la carrera le ha ido cambiando el carácter hasta corromperlo: se ha sentido minusvalorado por la sede del CNI en Madrid, se ha sentido solo, desprotegido, marginado y maltratado porque considera que no le valoran de manera adecuada y ha decidido, simplemente, traicionar a su organización.

—Ahora tendrá el apremio de afeitarse, cortarse el pelo, tirar la chilaba a la basura y olvidarse de las malolientes moquetas manchadas y despegadas de las mezquitas —aseguró Laura—. Por lo visto, Diego Uribe tenía un cómplice dentro del CNI, un informático. A este sí que le ha entrado el pánico y ha cantado. Ha mencionado a Lince, el negocio de la venta de documentos clasificados a servicios de inteligencia extranjeros, todo.

—Eso quiere decir que a ese informático le habrán

amenazado con cárcel o jubilación con pensión —aseveró Julián—. Él ha elegido lo último. Y no me digas más. El resumen es este: nuestros operativos pusieron bajo vigilancia a Lince, este se ha percatado de ello y se ha dado a la fuga.

—Así es.

—Aitor Sierra pertenece a una generación de espías españoles que se formaron cuando, en aquellos días, no podías ser gay si querías hacer carrera en inteligencia —explicó Julián—. Porque la opinión prevalente de entonces era que, a diferencia de los heterosexuales, los gais eran más propensos al chantaje con sexo, y también más susceptibles de compartir secretos con sus parejas.

—Aun así, ¿cómo pudo tener la sangre fría de matar a un hombre en el baño de su vivienda? —preguntó ella.

—Lo tuvo claro: o era quien jodía o era el jodido. Eligió ser el primero. Dime más cosas.

A través de los gruesos cristales que formaban las paredes, se vio aparecer a Varun Grover caminando de forma apresurada con documentos en las manos.

Laura movió la cabeza en su dirección.

—Aquí nos las trae el indio.

Varun entró de sopetón. Al abrir la puerta, se le cayeron de las manos los papeles que llevaba consigo. Laura se apresuró a recogerlos.

Julián Fernández había trabajado muchos años en el CNI, donde se había formado como profesional, con el férreo respeto de las costumbres y las formas más estrictas de los servicios de inteligencia.

En El Cervantes, que había algunas normas, existía cierta condescendencia que hacía más cómodo el trabajo en equipo. No existía rivalidad alguna entre empleados y se fomentaba la sinceridad, la honestidad y el trabajo en equipo. Era un ambiente sano y familiar. Sin embargo, una sombra siniestra siempre parpadeaba sobre ellos: la capacidad única de decidir sobre la vida de los demás. De hecho, la lealtad a la organización se consideraba la más primordial.

—Mil disculpas, pero ya lo tengo —dijo poniendo orden a los papeles que le había devuelto Laura.

—¿Qué tienes? —le espetó Julián.

—El motivo del viaje a la India: la mujer del embajador —contestó tomando asiento.

—¿De qué embajador?

Laura asintió y replicó mordiéndose el labio.

—Es verdad. La mujer del embajador de España, destinado en la embajada de Nueva Delhi, es marroquí: Malika Bennani.

Julián tragó saliva.

—¿Y eso qué quiere decir?

—Que es un agente de la DGED —respondió Varun—. El gobierno de Marruecos vive pendiente de cualquier amenaza que pueda desestabilizar las débiles estructuras institucionales de Mohamed VI. Por eso tienen agentes en todas partes y lugares. No olvidéis el pacto que hizo el rey con el presidente francés, en relación con los imanes que quieran ejercer como tales en Francia.

Los funcionarios marroquíes eran débiles y fáciles de corromper. Tenían acceso a importante información, por eso el poder en la sombra, el Makhzen, controlaba a la perfección cualquier atisbo de traición, insumisión o cualquier amago que pudiese dañar al monarca y sus políticas.

Por esta razón, en Marruecos, nunca habría una primavera árabe ni subversión ciudadana.

Pero Marruecos iba varios pasos por delante de los europeos. Como mencionó Varun Grover, el Instituto Mohamed VI de Formaciones de Imanes y Predicadores consiguió un éxito de liderazgo religioso al fraguar un acuerdo con Francia con el objetivo de que todos los religiosos musulmanes que quisieran ser imanes y predicadores en el país galo debían pasar tres años de estudios reglados en ese instituto marroquí.

El gobierno francés firmó encantado porque se les estaba llenando el país de radicales, por lo que pensaron que quedarían a salvo de las injerencias religiosas de locos islamistas que adoctrinarían el odio.

—En ese acuerdo, el gobierno de Marruecos fue muy inteligente —afirmó Julián—. Por un lado, con el envío a Francia de imanes formados en el Instituto de Mohamed VI, controlando la nutrida colonia marroquí en el extranjero. Por otro, y como quieren que suceda en España, dejan el islam francés en manos marroquíes, abriendo la puerta a que se infecte Europa de agentes encubiertos.

También desde la sombra, el Makhzen controlaba el exterior con importantes agentes de campo. Estos, aparte de espiar en países extranjeros, cuidaban de cómo se comportaban los funcionarios marroquíes en las embajadas y de que no fuesen corrompidos.

Según continuó explicando Varun, Malika Bennani era una agente de los servicios de inteligencia de Marruecos. Desde su posición como esposa del embajador de España en Nueva Delhi, había estado espiando para sus compatriotas.

—Malika Bennani ha ejercido como punta del triángulo entre Lince y Diego Uribe —terminó de explicar Varun—. Siendo ella el contacto desde la lejanía geográfica, jamás el CNI podía imaginar que Lince fuera un traidor a los servicios de inteligencia de España.

—Al verse bajo seguimiento, incluso, habrá pensado que la DGED estaría controlándole —observó Laura—. No se sentiría seguro, ya que habrá oído truculentas historias de torturas que se cuecen en la cárcel secreta de Tazmamart, que de verdad son para que se te pongan los pelos de punta, y ha decidido, con buen juicio, largarse de Marruecos cuanto antes.

—¿Tienes fotos de su salida? —preguntó Julián.

Varun sacó de una carpeta varias imágenes en tamaño A4. En ellas, se veía a Lince sin barba, con el pelo peinado a raya y teñido de rubio, vestido de forma elegante con ropa ligera de verano: pantalones chinos de color blanco, camiseta con estampados florales y chaqueta a juego de color caqui.

—¿Estás seguro de que es él? Parece más alto.

—Los ojos.

—¿Qué les pasa?

—Que no mienten. Si se hubiera puesto lentillas, igual, pero es él. Aparte de esto, he estudiado sus movimientos en el departamento de psicología y no hay duda de que es él. Y tengo una noticia reveladora —se atrevió a decir con apremio—: he averiguado la verdad sobre la foto que supuestamente hicieron llegar al CNI los servicios secretos israelíes, en la que decían que David Ribas estaba en un campo de entrenamiento yihadista en Marruecos.

—¿Y?

—Que los israelíes se equivocaron. No la verificaron. Por lo visto, fue un tercero quien dio esa fotografía y la información a los israelíes, de que había un español en aquel lugar. Los israelíes se lo hicieron saber al CNI y ellos tragaron con el cuento de que era David Ribas.

—¿Cómo pudieron trucar una fotografía y hacerla pasar por veraz?

—Te reirás —contestó Varun.

—Era un rodaje —se adelantó Laura dando una palmada sobre la superficie de la mesa.

Julián mostró su asombro.

—En efecto —confirmó Varun—. Era un rodaje de una serie de televisión para una productora noruega. Aparecía un actor occidental en ese decorado exterior que recreaba un campo de entrenamiento yihadista, tomaron unas fotos y, Lince, con astucia, se encargó de hacérselas pasar a una persona para que esta, a su vez, las hiciera llegar a los israelíes y circulase la falsa información.

Julián suspiró.

—De una manera muy hábil, Lince hizo pasar por veraz algo que no lo era.

—Desde hace mucho tiempo, Marruecos se ha convertido en un plató de rodajes de películas y series de acción y aventuras para productoras extranjeras —explicó Laura—. A las afueras de Uarzazat, existen los famosos estudios de cine Atlas, donde emulan el lejano Oriente, el antiguo Egipto, un mercado de esclavos romano o el mismísimo Tíbet. *Juego de tronos, Gladiator, La momia*... Incluso, la serie *Homeland*. Todos van a Marruecos a rodar.

—Volvamos atrás y analicemos —dijo Julián—. Cerca del setenta por ciento de los más de tres mil agentes del

CNI, tienen vínculos de amistad con sus funcionarios o son familiares. Es sabido que la endogamia se practica de manera galopante. Antes de que un candidato acceda al puesto del CNI, hay un factor determinante: la seguridad. Siempre hay riesgo de que, por dinero o chantaje, se pase a trabajar para el enemigo.

—Si lo mencionas por si hubiera una relación de parentesco entre Lince y Diego Uribe, la respuesta es que no —dijo Varun—. Según indican en su informe los reclutadores que tuvo en su día, tiene una gran capacidad para actuar en situaciones límite y no existe desgaste para probar su resistencia. Lince tenía una habilidad muy especial para empatizar con cualquier objetivo, manipular y encontrar información valiosa. Según los informes del CNI, tenía una capacidad asombrosa para localizar información hasta con el mismísimo diablo. Era experto en no llamar la atención en público y en moverse con discreción en el ambiente urbano. De hecho, su principal baza y la consideración tan alta que tenían hacia él era por cómo lograba introducirse con sigilo en territorio vallado.

—Aparte de tener una gran capacidad de observación y memoria, ha dominado el HUMINT como ningún otro experto en inteligencia —dijo Laura—. Por tanto, si las evaluaciones que tenían de él en el CNI son consideradas como extraordinarias, en la India o cualquier otra parte del mundo, se sabe mover a la perfección.

Julián se quitó las gafas. Sin ellas, sus ojos parecían más pequeños y su mirada más inocente.

—¿Qué quieres decir? —preguntó mientras limpiaba las lentes.

Ella sonrió de manera irónica.

—Si en Rabat ha dado esquinazo a los agentes de campo, no hay otra persona mejor cualificada para dar con él en la India que David Ribas.

—Pero Lince puede reconocer a David Ribas antes de que se le aproxime y, cuando lo haga, olerá a chamusquina a más no poder —dijo Julián alzando las manos.

—David se mueve con plena libertad por el país y es, por encima de todo, un profesional. Dejemos que encuentre su modo. Él sabrá cómo coaccionarle. Como ya sabes, tiene una espina clavada: quiere conocer lo que sucedió en los atentados del 11-M. Querrá de inmediato localizar a Lince, un agente infiltrado del CNI, ahora prófugo, y cuestionarle sobre el asunto.

Julián tomó aire y luego lo expulsó.

—De acuerdo. Adelante.

PARTE TRES
ATAQUE EN NUEVA DELHI

26

Gregori se despertó. Estaba completamente desnudo, atado en forma de equis a una mesa de mármol frío. Los brazos extendidos y los tobillos estaban atados con cinturones de cuero. Aquel lugar olía a heces y orina. No muy lejos, escuchó gruñidos de animales. Quizá, fueran cerdos.

—Bienvenido —pronunció alguien con un profundo tono de voz.

De pie, había dos indios musculosos y, según su experiencia, le daban la impresión de que eran capaces de matar con cualquier medio. Uno de ellos, habría sido quien le habría noqueado con habilidad en el hotel.

—¿Dinos quién te ha ordenado matar a David Ribas? —preguntó el otro.

—El propósito de tu estancia en la India y adquirir un arma es ese, ¿no es así? —preguntó su compañero sacudiendo la cabeza.

Como no respondió, uno de los indios levantó un

cuchillo de trinchar y lo colocó sobre el mármol, cerca de una oreja de Gregori.

Él era consciente de que su vida estaba en manos de aquellos dos. No sabía quiénes eran ni para quién trabajaban, él había fallado. No había cometido su misión en la India, era un cazador cazado.

—¿Quiénes sois? —preguntó.

El indio que le había dado la bienvenida se aproximó. Sus botas crujían sobre el suelo de hormigón.

—A ti no debe importarte quiénes somos, sino qué te pasará si no contestas a nuestras preguntas. Estos animalitos que están esperando su comida son muy limpios si se les deja en paz. Es solo por las personas que los dejan enjaulados que se revuelcan en la mierda —señaló de modo teatral a su compañero—. Mi amigo tiene algo que comentarte.

El otro hombre se aproximó.

—Lo primero que haré contigo será ir cortándote un dedo de cada mano cada vez que guardes silencio cuando se te pregunte —dijo mostrando el cuchillo de carnicero—. Y cuando no tengas más que muñones, iré a por los dedos de los pies.

No había salida, era su fin. Lo matarían y su cuerpo destrozado lo tirarían a los cerdos. Aunque hablara, su final sería la muerte. La mandíbula de Gregori se tensó e hizo un gesto extraño con la cabeza.

Los dos indios se miraron. Uno de ellos comprendió lo que había hecho y le agarró del cabello mientras que le metía en la boca los dedos de la otra mano.

Demasiado tarde. Se había tragado una diminuta

pastilla portadora de un potente veneno escondida en la cavidad de una muela.

Sintiendo el alboroto, los cerdos comenzaron a hacer más ruido; algunos sacaban sus hocicos entre los barrotes metálicos, gruñendo sin parar.

Hassena vertió té masala de un termo en dos tazas. David Ribas sorbió el líquido y mostró su satisfacción. Ella sonrió, pero cambió enseguida el semblante.

—Menos mal que te diste cuenta de la emboscada y pudiste reaccionar a tiempo.

—No pude registrarles. Tuve que irme del lugar cuanto antes.

—Del asesino ucraniano, no hemos podido averiguar mucho. Pero, de tu informante, sí. A quien dijo dónde estarías era una de esas personas que te intentaron matar vestidos de policías: se llamaba Riyaz. Ha sido un matón a sueldo. No operaba en Bombay desde que yo tomé las riendas en las calles. Fue un encargo desde el extranjero. De lo contrario, no lo hubiera hecho por temor a mi represalia.

—¿Quién le habría ordenado mi asesinato?

—Qué te voy a decir a ti. Tienes enemigos en todas partes. Quien contrató a Riyaz lo hizo también con el ucraniano. Por si uno fallaba, estaría el otro.

—¿Qué hay del informante?

—El que reclutaste para que te pasara información, está ahora bajo las aguas, cobrando el precio por su traición.

Para hacer desaparecer a una persona para siempre, los hombres de Hassena solían maniatarle, poner sus pies dentro de una caja con cemento y tirarlo a la profundidad de las aguas del mar.

Hassena guardó silencio. Había tanto silencio en la estancia que casi se podía oír posarse el polvo.

—¿Qué me quieres decir con esa mirada? —preguntó David.

—Tus amigos españoles necesitan tu ayuda. Me llamó Laura García —respondió.

David Ribas siempre usaba tarjetas de prepago y compraba en efectivo los teléfonos móviles. Si quería estar seguro, nunca debía adquirir un móvil de contrato con una línea operadora. Al cambiar tan a menudo de número, era el teléfono fijo de Hassena el que hacía de enlace para contactar con él.

—¿Y?

—La actitud de los servicios de inteligencia es volátil y peligrosa. Por lo visto, a ellos también les ha salido un traidor.

—Y está en la India, ¿verdad? Te das cuenta de que no dejo de preguntarte.

Ella soltó un bufido.

—Siempre que tus compatriotas contactan con nosotros, te ponen en una situación de peligro —terció ella con la mandíbula apretada, sabiendo el verdadero peligro al que David se exponía—. Lo hacen porque te consideran dispensable.

—Hassena... sé cuidarme —repuso él—. Dime en qué puedo ser de ayuda.

Ella le puso al corriente de la conversación con Laura. Le informó que el embajador de España tenía una reserva para tres personas en un conocido restaurante de un hotel en Nueva Delhi. Si David cogía el próximo vuelo, se anticiparía y podría aprovechar aquella situación para espiar el entorno del embajador.

Como le hizo saber Laura García, en El Cervantes, presentían que uno de los acompañantes a la comida con el embajador podía ser el evadido Lince.

27

En El Aeropuerto Internacional Indira Gandhi de Nueva Delhi, ocho miembros de un comando de élite francés pasaron inmigración por separado. Pertenecían a una empresa militar privada que se dedicaba a trabajar para gobiernos y grandes empresas, proporcionando personal procedente de las fuerzas de seguridad.

Aquellos hombres estaban curtidos en zonas de guerras como Afganistán e Irak. En otras ocasiones, habían sido contratados para intervenir donde el gobierno galo no se atrevía a poner un pie para no implicar a sus militares.

A la salida, cada uno por separado cogió un taxi de prepago con destino a un hotel mochilero y económico pero céntrico de Nueva Delhi. Cada uno tenía asignado un hotel distinto, el motivo era no ser grabados juntos por las cámaras de seguridad.

Cuando estaban los ocho sentados a la espera de ser contactados, en el vestíbulo de sus respectivos hoteles, un empleado de la embajada de Francia, con una sonrisa firme y rígida, les fue recogiendo uno a uno, identificándolos y pidiéndoles que les siguiera.

Afuera, les esperaba un minibús con las ventanas tintadas y con un cartel de una agencia de viajes, que los llevó a la embajada de Francia en la cuidada avenida Shantipath, en cuyos alrededores se encontraban las embajadas de países como Pakistán, Suiza, Japón, Alemania, Estados Unidos, entre otras.

Allí, ningún miembro oficial del cuerpo diplomático les esperaba. No hubo saludos ni bienvenidas. Fueron conducidos a una zona apartada de la embajada. Era una sala amplia con el techo muy alto y temperatura bien acondicionada. Bajo el frío resplandor de los fluorescentes, los ocho hombres inspeccionaron las bolsas que les esperaban sobre una mesa romboidal. Aquel equipaje había sido enviado por valija diplomática con anterioridad.

Los mercenarios pertenecientes a la Legión francesa, una rama del servicio militar del ejército francés establecida en 1831, no tenían parangón en cuanto a eficacia. Muchos de ellos eran extranjeros, de países de Europa del Este y de los Balcanes, pero también había un número importante de latinoamericanos de casi todos los países de habla hispana y portuguesa. Aquellos militares que habían servido en la Legión ya habían sido soldados en sus países de origen. Se decía que sus integrantes pertenecían a más de ciento cincuenta nacionalidades diferentes.

Curtidos en un centro de entrenamiento en la Guayana francesa, los ocho integrantes de la operación tenían rasgos físicos distintos: uno tenía los ojos achinados, uno más alto que el otro, y unos más musculados que los demás. Aun siendo de nacionalidades distintas, el patrón común era el corte de pelo: todos lo llevaban muy corto o rapado.

Una vez que sacaron todo el contenido de las mochilas, comenzaron a cambiarse la ropa de civil por otra de combate. Cuando estuvieron preparados, el líder del equipo abrió una carpeta que contenía varias hojas llenas de anotaciones y mapas.

Comenzó a explicar en francés el plan de la operación de ataque contra la residencia del embajador de España en Nueva Delhi.

28

En Nueva Delhi, los empleados del hotel Mauya Sheraton trajinaban de un lugar a otro. Los botones recogían equipajes y los transportaban sobre sus carros de ruedas. Aquel mediodía, no dejaban de llegar coches, nuevos huéspedes y clientes de los distintos restaurantes que albergaba el hotel.

El Bukhara había sido considerado el mejor restaurante de comida india en Nueva Delhi. Ubicado en la planta principal del hotel, se construyó justo al lado del amplio y circular vestíbulo.

El expresidente Bill Clinton comió allí en un par de ocasiones y el restaurante quiso inmortalizar su visita poniendo su nombre a un nuevo menú; incluso, Vladimir Putin fue cliente.

A pesar de que hubieran acudido muchas personalidades políticas y sociales, los decorados parecían sacados de una película de los Picapiedra debido al singular estilo de su interiorismo, que contrastaba con la suntuosidad de los mármoles del hotel; las mesas eran bajas y había taburetes tapizados en vez de sillas con respaldo.

Al cliente, además, se le ofrecía la opción de ponerse alrededor del cuello un babero a modo de servilleta. La cubertería era de cobre, las mesas se encontraban muy juntas debido a que el lugar era más bien pequeño; y la luz tenue, con luminarias suspendidas, creaban un ambiente informal pero a la vez íntimo y recogido.

Desde las mesas, el cliente podía contemplar la cocina abierta, donde los cocineros vestidos de blanco se afanaban en preparar los elaborados platos y desde donde emanaba una mezcla de especias y aromas propias de la India.

La hora más concurrida solía ser la de la cena. Por eso, el embajador de España, Gustavo Montaner, y su esposa, Malika Bennani, acompañados de un misterioso hombre bien trajeado, habían escogido la hora del almuerzo para degustar los sabrosos platos del reconocido restaurante y así evitar un alborotado ambiente.

Aunque, aun no siendo el momento del día más concurrido, no dejaba de ser menos demandado al mediodía. Frente a la entrada, hacían cola muchos huéspedes, pero sobre todo turistas. Había varias parejas de extranjeros vestidos con bermudas y sandalias, acompañados de sus hijos.

David Ribas estaba en la barra. Al ser solo un comensal, no se le asignaría una mesa, sino un espacio individual. Desde donde estaba situado, David analizó a los comensales. No quitaba los ojos de la mesa del embajador. Él había tomado un asiento con respaldo junto a la pared revestida de piedra caliza.

Llamó su atención un hombre barrigudo que se abría

paso entre las mesas. A su paso, le saludaban los camareros de manera reverencial. Por su vestimenta y la placa que ostentaba en la solapa de su traje, David se percató de que era el director del hotel haciendo los debidos cumplidos a las personalidades importantes.

Al llegar a la mesa del embajador y sus acompañantes, el director les saludó muy cortésmente. Llamó al *maître* y le hizo algún comentario recurrente sobre el picante que solía hacer ante los extranjeros. Se rieron.

Una vez más, David Ribas se reafirmó en su creencia de que los indios eran vulnerables a la camaradería y el exceso de confianza. El compadreo y la familiaridad de la que hacían alarde ante los extranjeros era una cualidad inherente en los indios; pero, en términos de inteligencia, era una tremenda debilidad.

Lince tenía unas gafas con montura de metal ridículas, pasadas de moda. Sin duda, escogidas a propósito para no llamar la atención. Intercambió unas palabras con el director. Por los gestos del indio, parecía que le había mencionado algún lugar del hotel. El director sacó de su bolsillo una tarjeta y escribió algo en ella.

Lo que le vino a la mente a David Ribas fue un servicio que se ofrecía en el hotel, un masaje ayurveda. Lince habría mencionado alguna tontería acera de los beneficios de los masajes en la India y el director se habría ofrecido a darle la oportunidad de experimentar uno en la sala que disponía el hotel. ¿Qué podía ofrecer el director?, ¿una habitación? No. Era un servicio, por lo tanto, un masaje rehabilitador según la tradición india a costa de la cadena hotelera.

Tres camareros aparecieron flanqueando la mesa y

comenzaron a servir los numerosos platos. El director se despidió con alegría y se fue del restaurante como había entrado, con diligencia y secundando saludos.

Lentejas negras y pollo *tandoori*, acompañado de yogurt, y varios platos de degustación de comida india, como cordero con curri, *aloo gobi* y *paneer*.

David Ribas continuaba observándolos desde la zona elevada del local, a través del cristal del bar. Durante el transcurso de los años y, sobre todo, desde sus inicios como agente operativo, se había convertido en un verdadero experto en el comportamiento humano.

Ante una persona, podía pretender que no le viniese a la cabeza tal o cual palabra para dar una imagen distinta a la real, podía camuflar su personalidad y rebrotar otra muy distinta según su conveniencia.

Por eso, la iluminación estaba jugando un papel importante mientras observaba a las tres personas sentadas a la mesa. No era lo mismo espiar a alguien a la luz tenue de unas velas que hacerlo bajo el estruendo de fluorescentes. Tampoco era lo mismo una iluminación salpicada de puntos halógenos que un comedor con luz indirecta.

El arte de espiar en el interior de un restaurante dependía mucho de la iluminación, ya que está a medio camino entre una puesta en escena teatral y un espectáculo de magia. Las personas tienden a distraerse psicológicamente.

En entornos más iluminados, los comensales tienden a escoger ensaladas y platos equilibrados, porque están más alerta. Prestan más atención a lo que hacen. En cambio, en lugares como aquel restaurante indio, con menos luz, tienden a engullir más calorías tras pedir excesivos platos, motivados para saciar una necesidad que en verdad no tienen porque no prestan atención.

David dedujo que el embajador español era perfectamente manipulable, por eso, había sido víctima del espionaje de su esposa. A ella se la veía con grandes dotes de manipulación, de diplomacia; no dejaba de sonreír, mantenía la espalda recta y se comportaba como lo que era: una genial espía.

Sin embargo, en Lince, notaba algo distinto, no exteriorizaba ningún dato de debilidad, parecía un ser neutro, como si supiera el arte del comportamiento humano mejor que él. ¿Quién era de verdad?

Entonces fue cuando David Ribas sintió cómo su piel se erizaba. Lince se quitó un instante las gafas para secarse el sudor del rostro. ¿O lo pretendía? Entonces dirigió una rápida mirada hacia la barra. Le había dirigido la mirada por un instante. David lo reconoció.

Aquel hombre cuyo nombre en clave era Lince había sido uno de sus monitores cuando trabajaba en España para una rama clandestina del CNI, dirigida por entonces por Julián Fernández. Era él, estaba seguro.

Los atentados terroristas del 11 de marzo de 2004 cambiaron por completo la forma y el estilo de trabajar del CNI. El hermano de David Ribas había muerto durante una operación policial contra unos yihadistas que, se suponía, se habían inmolado en un apartamento del barrio madrileño de Leganés.

Todo era mentira.

Más tarde, se supo que todo había sido un engaño para hacer creer a la sociedad española que los atentados habían sido producidos por islamistas, como castigo por la participación de España en la guerra de Irak.

En aquellos días, el servicio de inteligencia español había quedado en evidencia y presentaba una imagen pública deplorable, tanto como los servicios de información de la Guardia Civil y de la Policía Nacional.

Todos ellos fueron incapaces de hacer uso de sus medios para vigilar e investigar posibles terroristas y agentes de inteligencia extranjeros en suelo español. Fueron incapaces de predecir y frenar la amenaza y el proyecto que, desde el submundo de las cloacas, estaba ya planificado con antelación.

Posterior a ello, los líderes de los cuerpos de seguridad dijeron en los medios de comunicación que se encontraban desbordados por el riesgo y aumento creciente de todo tipo de actividades mafiosas procedentes de Europa del Este: la inseguridad en el ciberespacio, el blanqueo de dinero, la vigilancia a lobos solitarios pertenecientes a Al Qaeda, la prioridad era el tráfico de seres humanos, que si había necesidad de adquirir materiales tecnológicos...

En aquellos años, Julián Fernández fue el encargado de dirigir una unidad clandestina dentro del CNI, porque el panorama era desolador: el Centro Nacional de Inteligencia parecía una herramienta al uso por parte de medios políticos, y la verdadera seguridad se estaba gestando desde la sombra.

Por entonces, David Ribas quiso seguir los pasos de su hermano mayor y realizó las pruebas de acceso.

No supo jamás el verdadero nombre de aquella persona, porque los monitores no lo hacían saber. Lo que sí recordaba era que Lince, aun siendo muy joven para ejercer como reclutador de futuros agentes operativos de campo, era arrogante: una persona muy soberbia y presuntuosa, vanidosa y presumida en extremo. Se creía que ejercía el papel real de un personaje enmarcado en películas de espías o de novelas de ficción.

Recordó que, en una ocasión, le confesó que era un ávido lector de biografías en inglés sobre personajes que pertenecieron a los servicios secretos británicos y de las novelas de John LeCarré.

De manera ingenua, David se compró un par de libros del escritor inglés: su estilo le resultó auténticamente soporífero, con largas y enredadas narraciones. Todo había sido un alarde de chulería intelectual.

Al finalizar la comida, el camarero sirvió el incondicional hinojo para mascar y cristales de azúcar para relajar los sabores de la boca.

David Ribas terminó de tomar el té y los vio cruzar el restaurante. Desde el ventanal, los vio charlando en el pasillo del vestíbulo.

El embajador animó a Lince a que continuase solo, cogió del brazo a su mujer y ambos se dirigieron al pórtico, donde el coche oficial de la embajada les estaba esperando.

Lince cruzó el exterior del restaurante y se dirigió al interior del pasillo central, cogió el ascensor y, al descender, entró en la planta de Health and Well-Being.

29

Desplegaron sobre la mesa los planos del complejo de la embajada y echaron un vistazo al objetivo. El servicio de inteligencia francés les había proveído de una serie de fotocopias y dibujos realizados por ordenador.

El líder del grupo fue señalando con el dedo los distintos puntos clave. Aunque se comunicaban entre ellos en francés, cada uno tenía un acento distinto, ya que, aparte de franceses, había quien era polaco de nacimiento, belga, uzbeko, británico o filipino.

—La buena noticia es que es un edificio antiguo —explicó señalando el mapa—. No es así el edificio central, una edificación moderna con sistemas de seguridad más complicados, ubicado aquí, detrás de este jardín. La residencia no tiene sótano, no hay pasillos sinuosos ni escaleras que dificulten el movimiento. Lo único que hay subterráneo es una bodega y está en otro espacio del complejo residencial, aquí. Y, en este otro lugar, hay una zona privada, un salón reservado para fiestas privadas. La cocina está bastante alejada. Nosotros entraremos por esta zona.

—¿Perros? —preguntó uno.

—No.

—¿Seguridad?

—Dos guardias.

—¿Españoles?

—No, indios. Solo hay un agente de la Policía Nacional, y se supone que debe estar en la zona de la embajada, no en la residencia del embajador.

—¿Paneles de electricidad?

—No cortaremos la electricidad. Hay un moderno sistema de generadores que saltan de inmediato. Si dejase de funcionar, tendríamos en breve a los agentes de seguridad del edificio central de la embajada controlando la residencia. Sin embargo, bloquearemos toda señal móvil en el extrarradio.

—Entendido —asintió un hombre delgado y pequeño de aspecto asiático.

—Bien —dijo el líder. Volviendo a centrarse en el objetivo de la misión, sacó una serie de fotos de tamaño folio y fue mostrándola una a una, al tiempo que las mencionaba —. Tenemos que asegurarnos de que el embajador, su mujer y, sobre todo, esta persona llamada Lince —añadió haciendo hincapié con el índice en su imagen—, sean eliminados. ¿Todo claro?

—Sí, señor —respondieron todos al unísono.

Cada uno llevaba un subfusil *Heckler & Koch* con silenciador, munición extra, granadas de aturdimiento y fragmentación, y una pistola de nueve milímetros.

—Cuando volvamos, brindaremos con vino —dijo mostrando dos botellas, que dejó a un lado para recitar el código del legionario galo que el resto secundó—: «Legionario, eres un voluntario sirviendo a Francia con honor y fidelidad. Cada legionario es tu compañero de armas, cualquiera que sea su nacionalidad, raza o religión. Lo demostrarás siempre en la estrecha solidaridad que debe unir a los miembros de una misma familia...».

30

Un empleado del hotel vestido de uniforme blanco estaba contando billetes de rupias. Cuando se aproximó el nuevo visitante del que le habían informado antes, se guardó el dinero en el bolsillo y le abrió la puerta, cerrándola a su espalda. David se puso en alerta.

Era la sala principal de masajes. El color que predominaba, tanto en la luz como en la decoración, era el naranja. La mente de David captó de inmediato el significado del mensaje subliminal, pues el naranja o *saffron*, además de ser el color nacional de la India, aumenta la autoestima y transmite optimismo.

En el centro, había una camilla acolchada y, en los alrededores, decoración de velas, palitos de incienso y flores frescas como guirnaldas de caléndula. En un lateral, estaba Lince, de pie, con las manos en los bolsillos, esperándole.

—Te reconocí —admitió Lince.

—Lo sé —dijo David—, por eso estoy aquí.

Guardaron silencio un instante.

—¿Te parece que hablemos en el exterior? —preguntó Lince—. Todo este olor marea un poco.

—Perfecto.

Salieron y empujaron la puerta de cristal que daba acceso a la zona de la piscina. En un lugar apartado, tomaron asiento bajo una sombrilla.

Un camarero les preguntó si querían tomar algo. David sugirió *nimbu pani*, una bebida refrescante, una especie de limonada casera con agua de rosas. Lince asintió.

—Por cortesía del director, obtuve el masaje más caro que ofrecen. Dos horas que incluían baño de vapor y pringado de todo tipo de aceites. Con lo bien que hubiera salido, regenerado de cuerpo y mente. Tú me lo has fastidiado y, encima, he gastado un puñado de rupias en sobornar al empleado.

—¿Qué fue de Pluto? —preguntó David con la mirada perdida.

Lince pegó un respingo. Apoyando su cuerpo sobre el codo derecho del respaldo, dijo:

—Después de tantos años, después de todo lo acontecido, ¿no hay nada más imperioso que conocer el final que tuvo Pluto?

Pluto era un perro ciego, un caniche. Lo utilizaban para realizar pruebas a candidatos. Fue durante el período de entrenamiento cuando un día, al regresar a su casa, se encontró en medio de la calzada a un perro. No se movía. David miró a los alrededores. «¿Quién habrá sido el desgraciado que ha abandonado a un perro?», se dijo.

Observó su collar por si hubiera algún distintivo, nombre o dirección. Nada. Lo tuvo en su casa durante una semana hasta que su monitor, en aquellos días, Lince, le hizo saber que se lo tenía que devolver. Había sido una prueba de tantas. Se evaluaba el modo de reaccionar y actuar de la persona. Aun dudando de si dejarlo en una perrera o dárselo al veterinario para ponerlo a dormir, David había decidido quedárselo. Si lo hubiera dejado en la perrera, sin duda, daba el visto bueno al sacrificio del animal, ya que era ciego y no lo mantendrían por muchos días.

Se evaluaba al candidato. De igual modo, a cómo reaccionaba cuando, estando en un transporte público, una persona desconocida pedía dinero dando a conocer su edad y falta de empleo a pesar de su currículo. O, incluso, a preguntas que podían ser interpretadas como espontáneas o inocentes, pero que en realidad no lo eran, como cuestionar el monitor al candidato mientras se tomaban una cerveza, cómo explicaría a un marciano el uso y beneficios de internet o cómo deduciría el tipo de personalidad de un cliente por su movimiento corporal y actitud al pedir y tomar una consumición.

—Se lo quedó una señora que se jubiló como administrativa del CNI. Me vio en el aparcamiento con él y se encaprichó. La verdad es que Pluto ya había cumplido con su cometido en cuantiosas ocasiones y ya era hora de que pasase sus últimos días tranquilo y en paz.

—¿Como tú?

Las bebidas llegaron. Cuando el camarero se fue, Lince respondió:

—Una buena analogía. Así pues, doy por entendido que estás enterado de todo.

—No estaría aquí si no lo estuviera.

—¿Quién te ha informado? Dudo mucho que haya sido el CNI. ¿Quizá alguna empresa privada de inteligencia? Creo que no hace falta que mencione el nombre, ¿verdad?

David Ribas se presentó a las pruebas de acceso del CNI en el Pabellón de Cristal de la Casa de Campo en Madrid, como cualquiera de los muchos candidatos que habían sido llamados para la convocatoria.

Era consciente de que, como analista de inteligencia, era importante estar al día de los temas actuales en cuanto a relaciones internacionales, conflictos entre naciones, escándalos de espionajes ocurridos durante la historia moderna, en especial, en la guerra fría, así como en economía y derecho.

Durante cerca de siete horas, en el que hubo un receso para almorzar, respondió a todo tipo de cuestiones sobre cultura general. Semanas más tarde, recibió una llamada convocándole a otra prueba. De nuevo, debía llevar consigo el DNI, pero, además, varios documentos, como el libro de escolaridad, su pasaporte, el informe de vida laboral, el extracto de sus movimientos en su cuenta bancaria de los últimos meses, entre otros.

Esta vez, lo citaron en un apartamento cerca del mercado Chamartín. En esta ocasión, no fue el aburrido cuestionario sobre temas de actualidad que inundaban los periódicos y los telediarios. Se sometió a pruebas psicotécnicas.

Pasó un mes y le llamaron, no había sido admitido. No le dieron razón alguna. Sin embargo, sí había sido seleccionado para otro departamento que se estaba creando dentro del CNI, donde la captación de nuevos agentes se realizaba de distinto modo.

En vez de analista de inteligencia, consideraban a David Ribas un excelente candidato para agente operativo. Habían encontrado en él excelentes cualidades de anticipar y reconocer patrones de conducta, entre otras cosas sobresalientes.

Lince participó en ese proyecto como reclutador y monitor, hasta que la organización de inteligencia clandestina a la sombra del CNI se cerró.

—No sé a qué te refieres —dijo David—. Desde que el departamento se cerró, no he vuelto a saber nada de ellos.

—Me pregunto dónde fue a trabajar después Julián Fernández —dijo con cierta ironía.

—Con Julián, no me mantengo en contacto. De lo que sí estoy seguro es de que tú seguiste en el CNI, hasta ahora.

Guardaron silencio. Un grupo de chicas jóvenes se tiraron a la piscina. Lince las observó.

—Lo que yo me pregunto es de dónde saldrán esas indias de infarto. Mujeres así no se ven por las calles.

—Deben de pertenecer a alguna agencia de modelos. Los hoteles de lujo suelen darles tarjetas exclusivas para el uso del gimnasio y la piscina. Esto crea un ambiente más alegre entre los huéspedes extranjeros, creyéndose que están en el hotel más adecuado.

—Recrean la vista. Sí, señor.

—Me desconcierta tu interés en ellas.

—¿Por mi condición de homosexual?

—Por tu condición de asesino a sangre fría. Según tengo entendido, empleaste un cuchillo de trinchar eléctrico contra el cuerpo de uno de tus novios.

Guardaron silencio un instante.

—Eso es pasado, lo dejé atrás. Ahora soy un alegre turista en Asia que pretende disfrutar de la vida.

—Has estado vendiendo informes confidenciales a una nación extranjera. Esto te convierte en traidor.

—Compartir información con otro país no es inteligencia, es política —replicó—. Vamos, por Dios, David, ¿me hablas tú de traición?

—Yo soy leal a España y daría cualquier cosa por defender sus intereses.

—Tanto es así que no puedes poner un pie en tu país de origen, ese que con tanto fervor dices defender.

—Las circunstancias...

—Una mierda —le interrumpió—. En España, han sabido utilizar la muerte de tu mujer y tu presencia aquí en la India. Quien te haya enviado a por mí, lo ha hecho mirando sus intereses. Te ha manipulado porque sabe lo que te corroe en tu interior.

—¿Y tú? Has hecho correr la voz de que el supuesto agente extranjero que vende información secreta se llama David Ribas. Me has utilizado. En la actualidad, hay servicios de inteligencia extranjeros por el norte de África pendientes de saber sobre ese tal David Ribas.

—Bueno, pues allí tendrán con qué entretenerse, ¿no? En el norte de África y en todo Oriente Medio no hay países, sino reñideros de tribus musulmanas. Por cierto, ¿me estás sometiendo a un interrogatorio 101?

Hacía referencia a las técnicas que se utilizan con un individuo en las se le hace creer que se saben muchas cosas de él y, por tanto, el interrogador se comporta de tal manera que le hace suponer que sabe más de lo que dice. Entonces, el individuo en cuestión revela de forma inconsciente muchas más cosas pensando que el interrogador ya las conoce.

David no respondió.

Lince alzó la mirada al cielo, parecía encapotado de alguna capa artificial. No se veía el sol ni el cielo. Todo era una masa gris traspasada por la luz del sol.

—Qué clima más raro, el cielo es feísimo.

—Es polución lo que ves —dijo David alzando la mirada—. Una mezcla de todo tipo, arenisca, gases contaminantes, suciedad del aire.

—Esto es peor que en el norte de África. No sé qué te ata a este país. Si es por la comida, amigo, lo siento. Probé el pollo, las lentejas y el arroz en ese restaurante y no tienen nada de especial, excepto por ese sazonador que le meten en todos los platos para darle un olor y regusto de especias. La comida india es como la comida procesada, modificada en fábrica para que tenga más sabor y la gente consuma más de lo que necesita.

—Tu opinión. La mía es muy distinta.

Lince le observó en silencio antes de continuar.

—No hace mucho viajaste a Marruecos. Sé que te interesa la verdad sobre lo sucedido el 11-M. Sé que quieres saber toda la verdad sobre la muerte de tu hermano mayor en la explosión de aquel apartamento donde se inmolaron los yihadistas.

—¿Te crees capaz de decirme lo que sabes?

Hubo un nuevo silencio entre ellos. Pasaron los minutos. Escucharon las risas de las jóvenes chapoteando en el agua. La mayoría de ellas no sabían nadar y, entre risas, se quedaban en la zona donde podían tocar fondo.

El camarero se aproximó, retiró los vasos y preguntó si

querían alguna otra cosa. Lince pidió un whisky doble Johnny Walker etiqueta azul, sin hielo. David, un té masala.

Pasaron los minutos en silencio. Sus miradas estaban puestas en las jóvenes indias, pero en sus mentes se fraguaban otros pensamientos.

Llegaron las bebidas. El camarero las colocó sobre la mesa con exquisita delicadeza, como si fueran obras de arte de incalculable valor. Lince pagó al contado, dejando una excelente propina.

—Yo te cuento todo lo que sé y tú te marchas como viniste. En otras palabras: comparto contigo una información a cambio de que no interfieras en mi estancia en la India. Tengo un vuelo programado para mañana por la noche y tengo el propósito de cogerlo. Tras ese viaje, no habrá vuelta atrás para mí. No volveré a España, dejaré en el pasado lo sucedido en Marruecos y viviré el resto de mis días en el más absoluto secreto.

—Y a cuerpo de rey, porque te has hecho millonario traicionando a tu país.

—No voy a entrar en ello. Pero, dentro de unos días, estaré en un local de ambiente gay con un mojito en la mano y una pareja con la camisa abierta hasta el ombligo. Tengo lo suficiente para ir por ahí tirando billetes como si fuera confeti, para qué negarlo.

—Allí, no creo que acabes con tu novio como hiciste en Marruecos, ¿verdad? En mi opinión, tu destino ideal es Brasil. Tengo entendido que ciudades como Río de Janeiro están alejadas de la influencia de la Interpol, del espionaje internacional y de otros enemigos que un fugitivo de tu nivel pueda tener.

Lince se encogió de hombros.

—Mi opinión es muy distinta —dijo sonriendo para sí mismo—. Prefiero el Sudeste Asiático, se liga más allá. Tienen un problema de inseguridad por sus narices chatas y por eso les gustan los extranjeros con nariz larga. Además, allí no encontraré jamás rechazo por edad o por la barriga que espero cultivar con el tiempo. —Se giró, le miró y preguntó—: ¿Tenemos un trato o no?

David Ribas volvió a observar el ambiente de la piscina antes de responder.

—Tenemos un trato —respondió aparentando indiferencia.

Lince levantó la bebida en un silencioso brindis y tomó un sorbo.

—Bien. Me alegra saber que no tengo ante mí a un bruto aspirante a Rambo sino a un hombre con inteligencia. Qué casualidad, de nuevo estamos con las metáforas. Quizá no sea casualidad alguna.

—¿Qué quieres decir?

—La piscina —respondió señalando donde las jóvenes jugaban con alegría, chapoteando en el agua.

David quedó meditabundo y entendió lo que quería decir.

—¿Los franceses? ¿La DGSE?

La Dirección General del Servicio Exterior (DGSE), la agencia francesa de inteligencia exterior era conocida como «La Piscina» por su cercanía a la piscina de la rue des Tourelles, también conocida como «Piscina Georges-Vallerey», en el distrito veinte de París.

31

Un agente de seguridad, que superaba el metro noventa, abrió la puerta al visitante con una tarjeta electrónica y le hizo pasar a la sala de conferencias. Le pidió que se pusiera cómodo.

Carlos Saavedra se abrió el botón de la chaqueta y tomó asiento. En un pasado lejano, había sido empleado de la Casa Real española. Pero, en su día, su nombre no constó en el Boletín Oficial del Estado y no era una figura pública. Trabajaba en la sombra.

Ahora, lo hacía en el sector privado, con gran retribución; era uno de los directores de una compañía privada de inteligencia corporativa especializada en desafíos comerciales y litigios complejos alrededor del mundo.

Muy pocos, como Julián Fernández, conocían la verdadera posición de aquel hombre bien vestido, con traje y corbata. Leal a España hasta la médula, sus modales eran exquisitos y tenía fama de no perder nunca los nervios. Además, era un hombre honesto, una cualidad escasa.

Él fue quien, muchos años atrás, propuso la creación de El Cervantes. Fueron unos tiempos duros. El terrorismo islámico había cometido un devastador atentado, y el gobierno y las fuerzas de seguridad se encontraban una vez más sin liderazgo e impotentes para frenar aquella lacra. Nadie se atrevía a tomar medidas delicadas y extremas.

Se buscó un chivo expiatorio por aquel fracaso: Julián pagó por ello al considerarse que no pudo evitar aquel atentado, siendo director de un tipo de servicio nacional clandestino dentro de la sede del CNI dedicado al contraterrorismo.

Se cerró aquel departamento y, durante esos días, Julián pensó en su jubilación.

Carlos, como enviado de las personas que orbitaban en la Casa Real, le propuso dirigir una nueva organización, emulando los patrones del servicio de inteligencia israelí. Pero, la diferencia estribaba en que esta sería secreta. Además, dispondría de la autoridad necesaria para retirar de la circulación a potenciales terroristas antes de que estos atentasen contra España, sus intereses y sus ciudadanos.

Cualquier periodista, político o cuerpo de seguridad del Estado, jamás podría causar inconveniente alguno a la organización. Se crearon numerosas cortapisas para que nadie pudiese averiguar la procedencia de sus patrocinadores privados.

El edificio que daba cobijo a aquella organización secreta con ventanas blindadas, carecía de puerta de acceso desde la calle. Su arquitectura era singular y discreta. Una placa metálica en la fachada informaba de que el inmueble albergaba la Sociedad Cervantina de Literatura Clásica Española.

Entre los empleados, comenzaron a llamarlo «El Cervantes». Además, siguiendo con la imagen que pretendía dar, editaban y publicaban ensayos literarios.

Aunque no tuvo ninguna implicación personal, durante el transcurso del tiempo de la labor del rey de España, había quedado tristemente relegada a rubricar con su firma documentos que le ponían los políticos sobre la mesa, a viajar al extranjero en nombre de España y a asegurar su propia descendencia. Y, con el paso del tiempo, El Cervantes fue creciendo en cuanto a autonomía y presupuesto. Se financiaba a través de cuentas sin fondo localizadas en paraísos fiscales.

Hubo quien dijo que era un *lobby* israelí y que era la versión española de su servicio secreto, porque ambos luchaban contra un frente común: el expansionismo del islam radical que se proponía destruir los intereses de Occidente.

Carlos se levantó cuando hizo su aparición Julián Fernández.

—¿Cómo te va, amigo? —preguntó Julián estrechándole la mano.

—Estoy seguro de que con menos estrés del que tienes tú aquí todos los días.

Tomaron asiento uno junto al otro.

—Esto no tiene fin y nosotros jamás nos rendiremos.

Carlos cambió el semblante. Se puso muy serio.

—Julián, tengo que compartir contigo una información muy importante.

—Trabajo en inteligencia.

—Ese agente descarriado que actuaba de infiltrado en el norte de África para el CNI, el llamado Lince, está en la India.

—Lo sabemos —replicó Julián.

—Lo que imagino que no sabes es que se está preparando un comando para su eliminación. Ya han salido de Francia y estarán listos para cometer el ataque, que será inminente.

—¿Dónde? —preguntó con las cejas enarcadas.

—En la residencia del embajador de España.

—¿Esta gente se ha vuelto loca?

—En teoría, tienen el visto bueno del servicio secreto francés; pero, en la práctica, son mercenarios. Si caen o son apresados, ya sabes, aparte de conjeturas o sospechas, no habrá conexión alguna con el gobierno francés.

—¿Por qué?

—¿Por qué quieren eliminar a Lince? Porque Marruecos se lo ha pedido. Lince ha estado vendiendo informes confidenciales al servicio secreto marroquí. Su contacto no ha estado físicamente en Marruecos, sino muy lejos.

—Sí, lo sabemos. Es Malika Bennani, la esposa del embajador Gustavo Montaner. Es decir, quieren borrar toda huella que haya quedado de la operación de espionaje. No van solo a por Lince, sino que también asesinarán a Malika Bennani y a todo el que esté dentro.

—Así es.

—Enviamos a David Ribas a por Lince y ahora resulta que va a acabar en una encerrona —dijo Julián tamborileando los dedos sobre la mesa.

—¿Qué quieres decir?

—David Ribas se encuentra en Nueva Delhi. De hecho, está reunido con Lince en algún lugar del hotel Maurya Sheraton. Supongo que Lince tiene mucho que contar. Él fue un reclutador en el CNI y fue monitor de David durante su entrenamiento como agente operativo. Si yo fuera Lince, aun no sabiendo nada de la operación orquestada por los franceses, llevaría a David Ribas a la embajada con el pretexto de hablar de algún tema confidencial.

—¿Crees que David Ribas se dejará manipular de esa manera?

—Por lo que sabemos hasta el momento, llevan charlando bastante tiempo en el hotel. Presumo que Lince lo engatusará para llevarlo a la embajada y que sea detenido allí.

—Y Lince se marcaría un gol por la escuadra en el CNI, donde la deslealtad equivale a una petición de autoinmolación. Lo que no sabe es que los marroquíes han sentenciado a muerte a su propia agente y a él. ¿Quiere decir eso?

—Los más probable es que sea así. Si planeas una operación con inteligencia, sale bien, y es esto lo que Lince pretende hacer. Tras detener a David Ribas en territorio español, confesaría que su relación con Malika Bennani era para conseguir la confianza necesaria y poder viajar a la India para atraer la atención de su exalumno y exoperativo David Ribas. Menuda cabriola mental. Es un tipo listo ese traidor.

—Pero imagínate el revuelo mediático que se produciría si asesinan a David Ribas en el interior de la embajada: un exagente operativo que había sido dado por muerto encontrado asesinado, junto con un agente prófugo del CNI, el embajador de España y su esposa. Un culebrón mediático en toda regla.

—No creo que David se deje engañar. Si va, será precavido —dijo Julián poniéndose de pie y dirigiéndose a la puerta—. Lo que no sé es hasta qué nivel. Te agradezco mucho la visita. Tengo que dar la orden de que le informen sin más demora.

Cuando Julián iba a marcharse de forma precipitada, Carlos añadió:

—Cuando se trata de algo personal, todo cambia, ¿verdad?

—Nadie dijo que la vida fuera justa.

32

El entonces presidente de Francia, Jacques Chirac, consideraba que nuestro entonces presidente, José María Aznar, trataba con demasiado mano dura a Marruecos. En una ocasión, le hizo saber que España debía ceder Ceuta y Melilla al gobierno de Marruecos. Aznar se negó, por supuesto. Un dato importante de la repulsión manifiesta de Chirac hacia España fue que, tras una visita de Estado en 1999, no volvió a pisar suelo español hasta después de la victoria electoral de Zapatero. —Suspiró como dando a entender el avance de sus argumentos—. Entonces, Marruecos invadió el islote de Perejil y el gobierno español mandó al ejército para desalojarlo.

»Jacques Chirac estaba enojadísimo. Decía que la respuesta española había sido desproporcionada. Es decir que, según él, debíamos dejar que los marroquíes tomaran un trozo de territorio español, aunque fuese ridículamente pequeño. Estaba tan a favor del gobierno de Marruecos que envió un mensaje: «Es ahora o nunca cuando hay que actuar para oponerse a la presencia española en Marruecos». Y, a continuación, se puso en marcha una estrategia para alcanzar ese objetivo.

—¿Dónde?

—Justo al día siguiente de que el ejército español expulsara a los moros del islote de Perejil, arrancaron los contactos entre enviados galos y marroquíes. Fueron los propios hermanos de Mohamed VI, Mulay Rachid y Layla Mariam, quienes incluso hicieron de intermediarios. Por cierto, Layla, la hermana del rey de Marruecos, es íntima amiga del círculo de la familia de Chirac.

—Pero ¿dónde?, ¿en Marruecos?

—En Francia. Nuestro CNI interceptó comunicaciones de dos espías galos organizando las reuniones secretas con los moros en el castillo que tiene el rey de Marruecos, a ochenta kilómetros de París.

Conocido como Chateau de Betz, el castillo era un famoso inmueble de estilo renacentista ubicado en la campiña francesa, que fue comprado en 1972 por el monarca marroquí Hasán II, padre del actual rey alauí, y que con anterioridad había pertenecido a la familia real de Mónaco. En la actualidad, Mohamed VI utilizaba la finca para que fuese el hogar de su yeguada, a la que hacía competir en los hipódromos más importantes. También, era conocido por el servicio de seguridad montado en el interior y alrededor del palacete, pensado para garantizar la absoluta confidencialidad de lo que allí sucedía.

—El servicio secreto francés... —murmuró David mientras asimilaba toda aquella revelación.

—Los gabachos fueron el motor, sin duda, pero los ejecutores fueron los servicios secretos de Marruecos, que metieron en el pastizal a ETA y a otros países musulmanes. De hecho, en los atentados del 11-M hubo unas treinta y siete explosiones, no las que el gobierno dice en el informe oficial. Pero, volvamos atrás.

»En un primer momento, se trataba de atacar en Marruecos a las empresas españolas, que se les excluyesen de licitaciones y contratos y fueran sustituidas por empresas francesas. El gobierno francés quería hacer que la presencia española en el norte de África fuera lo más débil posible. ¿Qué pasó tras el 11-M? Te lo diré yo: una España arrodillada ante Marruecos, el comienzo de la desmembración de España y de las facilidades al independentismo catalán y vasco. Un país convertido en pieza del eje bolivariano de Venezuela, Cuba y Bolivia; compadreo con el rey de Marruecos y enfriamiento de las relaciones con Estados Unidos.

—¿Quieres decir que la autoría intelectual del 11-M partió de Francia y Marruecos?

—Estoy convencido de que los directores de orquesta se comunicaban entre ellos en francés. ¿Qué sucede cuando la policía anda detrás de la investigación en un caso de homicidio relevante? Pues que un montón de chalados se precipitan en declararse culpables, hay pruebas falsas o premeditadas para despistar y muchas confesiones precipitadas. Pero, a todos hay que escucharlos, tomarlos en consideración para no perder la cordura con el fin de desgranar qué demonios ha pasado y no echar al retrete una sola pista que pueda ser auténtica entre tanto barrullo de información.

»Lo mismo sucede en el terrorismo, no hay que descartar nada. Tras los atentados, las pruebas falsas fueron tan estrafalarias que el mero hecho de que fueran tan irreales hace pensar que las pusieron con esa intención, que todo fuera una puesta en escena y que cada prueba que se encontrara fuera más ridícula que la anterior. ¡Santo Dios! Pero si hasta hay imágenes de un conocido terrorista vasco de ETA hablando por el móvil en uno de los andenes.

—¿Fueron mercenarios franceses o ingleses quienes participaron?

—Te diré que tomaron en consideración los métodos de sabotaje de los británicos, pero no diré que ciertos franceses pudieran tener las manos manchadas, como algún legionario, ya que estos son considerados mucho más preparados que los mercenarios que andan por ahí, en el sector privado. ¿Por qué pienso así? Porque tienen una cualidad que los hace especiales: no se dejan llevar por lo personal y suelen mantener sus pensamientos bajo control.

—Por lo organizado de las explosiones, puede que fueran mercenarios británicos con apoyo logístico de la banda terrorista ETA —comentó David—. No me extrañaría que un grupo de policías estuviera metido en esto e, incluso, que ciertos políticos supieran del atentado, pero no cuándo ni dónde. Por eso hicieron tanto hincapié en las pruebas falsas.

—Todo esto es un barullo de datos e informaciones que me hace dudar de si algún día podremos saber qué sucedió en verdad.

—¿Por qué la policía o el CNI no han investigado todo lo que me cuentas?

—¿Te acuerdas de que estudiaste el principio de Peter? Con el tiempo, todo puesto tiende a ser ocupado por un empleado que es incompetente para desempeñar sus obligaciones. Ocultan su estupidez y mediocridad, ya que únicamente defienden sus puestos de trabajo. Mandos policiales, jueces, periodistas, y cómo no, políticos, fueron dando por buena la versión oficial de los atentados, es decir, que habían sido los de Al Qaeda, y quien dijera lo contrario era tachado de conspiranoico.

—Pero ¿qué hizo el director del CNI?

—Nuestro entonces director del CNI rápidamente quiso dar carpetazo y dio por buena la versión del informe en el que se inventaba absolutamente todo, desde las fuentes hasta el hipotético trabajo de campo que nunca hicieron.

—Entonces, después de la autoría intelectual, llegó otra fase que fue la de los ejecutores. Y tras los atentados se llevó a cabo otra fase, la de la serie de pruebas falsas.

—¿Te acuerdas del término Agitprop?

—Propaganda y agitación. La propaganda actúa sobre la mente, mientras que la agitación actúa sobre las emociones. Ambas trabajando en paralelo.

Lince asintió.

—En las horas y días posteriores al 11-M se llevó a cabo esa estrategia de origen bolchevique y naturaleza revolucionaria, que utiliza la propaganda y la agitación como instrumentos de influencia en la opinión pública. En la jornada de reflexión, antes de las elecciones generales, se plasmó en las concentraciones frente a las sedes del partido que iba a ganar las elecciones, el de Aznar, pero las perdió, ganando la izquierda socialista gracias al uso de estos métodos de manipulación a gran escala.

»El candidato socialista, Zapatero, que ni se le quería ni

se le esperaba, un inútil que no habría tenido espacio ni escala, fue encumbrado a presidente del Gobierno por el principio de Peter, llevando a la ruina a España, creando la alianza de civilizaciones, compadreándose con los franceses y permitiendo al gobierno de Marruecos hacer lo que les antojara en territorio español. De hecho, hoy en día España debe de ser un coladero para los agentes marroquíes, con células en todas partes.

—Y mi hermano murió en la explosión en la que supuestamente se inmolaron los yihadistas que cometieron los atentados en los trenes.

—Amigo, aquello fue parte de la fase chapucera. Las fuerzas de seguridad del Estado fueron lentas al actuar, pero rápidas al esconder sus razones para ello. Imagínate que hasta hubo quien escribió libros poniendo por escrito sus experiencias. David, esos supuestos yihadistas que se escondieron en aquel apartamento eran, en mi opinión, cadáveres congelados de unos moros por los que ni Marruecos se interesó. ¿Para qué? —Se levantó, miró la hora en su reloj de pulsera y dijo—: Acompáñame.

En el momento en el que cruzaban el vestíbulo del hotel, David Ribas recibió una llamada. Hassena le advertía del asalto a la residencia del embajador de España. Acababa de ser informada por Laura García.

—Y me ha hecho saber que te comunique que saques al embajador, a su esposa y a Lince cuanto antes del edificio y los lleves al hotel The Claridges, que está a escasos metros de la embajada. Allí, podrán estar a salvo hasta que ellos tomen medidas de seguridad.

—Recibido —dijo David en hindi antes de colgar.

—¿Todo bien? —preguntó Lince caminando a su lado.

—Perfectamente.

—Estupendo, así podremos charlar con tranquilidad en la residencia del embajador.

Habían llegado al pórtico. Lince hizo saber el número de matrícula y el portero anunció el vehículo oficial por el megáfono.

—Sabes que no puedo entrar, de manera oficial, estoy muerto.

—Y yo. Fallecí decapitado en Rabat. No hay nada de qué preocuparse, el embajador cree que soy el hermano mayor de su esposa. Tenemos que hablar en privado y con tranquilidad. El ala de la residencia donde estoy alojado es una zona independiente. Las cámaras que hay están desactivadas y, como has podido observar durante la comida, el mismo embajador vela por mi protección.

—Me gustaría que me explicaras cómo has caído cautivo de las tentaciones de su esposa.

—De eso, te hablaré cuando lleguemos.

El vehículo oficial de la embajada española llegó al pórtico y los dos tomaron asiento.

33

El conductor bajó la ventanilla y saludó al oficial indio de seguridad apostado en la garita. El coche entró por la puerta metálica, dio un giro en el terreno de grava, frente a la entrada, y el conductor abrió la puerta del lado que ocupaba Lince.

David salió por el otro lado del vehículo y ambos entraron en la residencia.

Lince abrió una puerta de una de las estancias y encendió las luces. Era un salón decorado de manera austera. Una lámpara de araña colgaba en el medio, sobre unos sofás y una chimenea. En un lateral, estaban las ventanas y otra pared estaba cubierta por una extensa librería.

—¿Por qué haces esto?

—¿Huir?

—Me cuesta creer que te hayas convertido en un traidor.

—Toma asiento, por favor —dijo, dejándose caer en el sofá y señalando el de al lado.

—No tenemos tiempo.

—¿Qué estás diciendo? Mi vuelo sale mañana.

—Hay un comando francés que se está preparando para entrar aquí. Tienen órdenes de matarte a ti y a Malika Bennani. Acabarán con vosotros y con todos los que encuentren.

Lince le miraba impertérrito. Se levantó y le preguntó:

—¿De verdad crees que me voy a tragar semejante tontería? ¿Cómo iban a cometer los franceses tal atropello en una embajada?

En el exterior, la temperatura, que apenas había bajado, rondaba los treinta y cinco grados. No podían aparcar en la zona, ya que la policía india patrullaba el área, y estaba prohibido aparcar vehículos comerciales en torno a las embajadas.

Estaban agazapados en el interior de una furgoneta. Dos farolas de ocho metros de alto, cada una en una esquina del complejo residencial, alumbraban una tenue luz amarilla. Había una tercera farola apagada, tal vez, estropeada.

El conductor apagó las luces y se salió de la calzada, internándose en la oscura zona peatonal.

El líder del comando observó el edificio con unos pequeños prismáticos de visión nocturna.

—Vamos —ordenó cubriéndose el rostro con el pasamontaña.

Saltaron con absoluta agilidad y precisión del vehículo y se reunieron en el muro, entre la pared frontal y el área este del edificio. Bloquearon las cámaras de seguridad interna y las señales de los teléfonos móviles.

Saldrían por la puerta principal, ya que debían ser rápidos, y era el método más efectivo para huir de la zona diplomática. Pero, para entrar, debían ser algo más rudimentarios, ya que tenían que permanecer sigilosos.

Plegaron una escalera junto al muro y, con ayuda de un chaleco Kevlar que colocaron sobre los trozos de cristal, y pinchos que había en los bordes del muro y que se iban pasando uno a uno conforme subían a la escalera, saltaron al jardín.

—Tú mismo me has hecho saber que con el 11-M cometieron injerencias más graves. ¿De qué te sorprendes ahora?

—No, David. Esto no es una película de acción Made in Hollywood. Conmigo no tienes capacidad alguna para conseguir manipularme.

Sacó su móvil del bolsillo y marcó, pero se desconectó de inmediato.

Por la puerta lateral, entró un policía nacional encargado de la seguridad de la embajada; iba acompañado de tres guardias indios armados con subfusiles. Detrás de ellos, el embajador Gustavo Montaner y su esposa Malika Bennani.

—Por fin conozco a la leyenda del mundo del espionaje —dijo el embajador.

—Y yo conozco en persona a un incompetente total o a un traidor —replicó David—. Tu mujer ha estado pasando información a los servicios secretos de Marruecos.

Él se quedó mirándolo fijo, moviendo la boca como si intentara tragar algo sin conseguirlo. «Sospechaba de ella desde hacía tiempo, pero no se atrevía admitirlo», pensó David.

Una vez en el jardín, se separaron, haciendo cada uno de ellos un examen kinestésico de la zona, atentos a cualquier movimiento o posible trampa: siempre había que satisfacer al sexto sentido, ningún detalle debe pasar por alto.

El líder se aproximó a la pared, junto con otro hombre que sacó de su mochila un aparato que situó frente al muro. En una pequeña pantalla, vieron las figuras de las personas que estaban en el interior. Una de ellas, parecía estar conversando de forma agitada, ya que no dejaba de moverse de un lugar a otro mientras los demás permanecían quietos.

El hombre encapuchado a su lado señaló en la pantalla a tres personas. Dos de ellos iban armados con fusiles sobre el pecho y, otro, mantenía la mano derecha sobre una pistola que colgaba en su cadera.

Aquello era un imprevisto. ¿Qué estaba sucediendo? Fue lo primero que le vino a la cabeza. Siempre había peligro en un asalto; si habían sido alertados, sabedores de que los atacantes entrarían por puertas o ventanas, concentrarían en esas áreas toda su potencia de fuego. Pero, aquello no parecía el caso.

El líder siguió mirando la pantalla y observó que discutían entre ellos. Dio por entendido que alguien les había prevenido del asalto, aunque o no tenía sentido alguno que, si sabían que se iba a realizar un ataque por sorpresa, estuvieran peleándose de manera airada entre ellos.

No debía de ser ese el motivo. Quizá el servicio de inteligencia español había solicitado la detención de Lince.

Pero, aunque no fuera así, no se iba a quedar a averiguar el motivo. Debían adaptarse e improvisar, si fuera necesario. Sin más dilación, había que actuar.

A pesar de que el policía nacional y los guardias indios le apuntaban con sus armas, David Ribas dio un paso adelante.

—Hay un comando francés que va a atacar de un momento a otro —anunció David.

Malika Bennani soltó una sonora carcajada.

El embajador aún seguía asimilando la acusación que había vertido contra su esposa.

Lince sonrió mostrando su incredulidad y alzó los brazos al aire dando a entender lo absurdo de aquellas palabras.

El veterano policía nacional se mostraba nervioso; no sabía cómo comportarse y actuar, no había sido informado desde España y todo aquello le parecía confuso.

Los indios mostraban su desconcierto: no entendían el idioma en el que se hablaba ni conocían el propósito de aquel incidente.

—Eso es un disparate —aseveró el embajador.

—Está desvariando, querido —declaró Malika con aire de petulancia—. Que lo arresten de inmediato.

Él la miró de manera extraña, esbozando una sonrisa forzada. Tanto Lince como David notaron aquel gesto: el embajador de España en Nueva Delhi era una persona mentalmente inestable. Por aquel motivo, había sido víctima de la manipulación de su esposa.

—Antes tengo que llamar a Madrid... necesito verificar... —titubeó el embajador.

El líder del comando francés hizo un gesto al hombre

encapuchado y ambos volvieron al jardín, donde se reunieron con los demás. Levantando los dedos, indicó el número de personas que había en el interior y mencionó que tres de ellos estaban armados.

—Adelante —susurró, dando la orden de avanzar mediante señas.

34

Las luces del del complejo residencial apuntaban hacia el interior.

El encargado de los explosivos adhirió el aparato, semejante a un escudo protector, a la pared. De fabricación británica, era capaz de perforar un muro macizo de más de medio metro de grosor.

Sonó un ruido hueco, como el de una tos profunda, y se abrió una brecha. Todos entraron de golpe.

David Ribas, nada más percibir un peligro inminente por aquel sonido inconfundible, se lanzó a un lado.

Las primeras balas disparadas alcanzaron a los oficiales indios que sujetaban sus fusiles; de inmediato, otra bala alcanzó al policía nacional justo encima de la oreja izquierda.

El embajador cogió del brazo a su mujer con la intención de salir por la puerta lateral, pero no llegaron a dar dos pasos: recibieron sendos disparos por la espalda, y una vez en el suelo, otros dos en la cabeza.

Con una serie de disparos solapados, Lince fue acribillado como un condenado a muerte frente un pelotón de fusilamiento.

David se levantó de un salto, se giró sobre sus talones y agarró al que tenía más cerca, el líder del comando. Le hizo una llave en la muñeca al tiempo que le golpeaba en la rodilla, alargaba el brazo por su pecho y pasaba el dedo por el percutor, disparando a uno y a otro. Un encapuchado le disparó, impactando las balas sobre el chaleco Kevlar del hombre que tenía agarrado.

No tenía escapatoria.

Sin más dilación, David cogió una granada aturdidora M84, que colgaba del pecho del hombre que mantenía inmovilizado; la lanzó y, al explotar, produjo un destello de seis millones de candelas y un sonido de ciento setenta decibelios.

David Ribas se protegió con el robusto cuerpo del hombre. Sin embargo, al resto del equipo les pilló desprevenidos.

Durante unos segundos, todos quedaron cegados por el destello de luz, al activar de manera momentánea todas las células fotosensibles en la retina de cada uno de ellos.

El ruido, increíblemente fuerte emitido por la explosión de la granada, incapacitó la audición de todos al interrumpir el fluido en los canales semicirculares del oído.

Antes de que se recuperasen del efecto, y entre un chorro de humo, David partió el cuello al líder del comando, le quitó el fusil y comenzó a disparar a cada uno de los encapuchados dos veces, a la vez que continuaba avanzando. Uno de ellos, aún aturdido, le empujó tirándole al suelo. David rodó, alzó el arma y le disparó en la cabeza.

Con los tímpanos doloridos emitiendo un intermitente pitido interior, se pegó a la pared y, con el fusil sobre el hombro, inspeccionó la habitación apuntando a todos lados. Ya había acabado el asalto. La estancia estaba cubierta de cuerpos esparcidos por el suelo.

Las horas siguientes fueron un auténtico caos mientras la policía de Nueva Delhi intentaba manejar la situación. David Ribas cogió el primer tren que se dirigía a algún lugar del sur de la India, donde enlazaría con otro con destino a Bombay.

Los acontecimientos, a partir de ese momento, sucedieron veloces. Todas las embajadas siguieron el protocolo de seguridad.

Alrededor de la embajada de España, no tardó en formarse un verdadero caos: ambulancias, vehículos policiales, cortes de calles, estridentes silbatos, investigadores con informes, notas y muchas fotos, miembros del equipo antiterrorista... Todos estaban movilizados.

La capital de la India se había blindado.

35

Para David Ribas, no había otro lugar del mundo en el que vivir que en la India. Corría el riesgo de convertirse en lo que en inteligencia solían llamar un «asimilado». Él era consciente de ello.

La India había ido metiéndosele dentro, y ahora, a sus años, era muy difícil desprenderse de la influencia que ejercía sobre él.

Estaba sentado en un vagón de tren con destino a Bombay; casi veinte horas era la duración aproximada del viaje.

El tren entró en la caótica y congestionada estación de Vadodara. Muchos viajeros se apearon y otros tantos subieron a los vagones.

A pesar del continuo traqueteo sobre las vías, del ruido de los pasajeros y de los gritos de los vendedores ambulantes yendo de vagón en vagón vendiendo comida, David no había dormido tantas horas seguidas desde hacía mucho tiempo.

Su teléfono móvil vibró en su bolsillo. Miró la pantalla y contestó.

—De camino.

—Lo sé.

—Si me llamas para pedirme un *souvenir* de Guyarat, lo siento, pero no salgo del tren.

—Laura quiere hablar contigo.

—De acuerdo.

—Te paso con ella por línea directa. Feliz viaje.

Tras colgar Hassena, se escuchó un ¡clic!; pasaron varios segundos y otros tantos ¡clics! La llamada pasó por ciertos canales en el mundo cibernético para no ser detectada.

—Hola, David —pudo escuchar por fin—. En primer lugar, ¿qué tal estás?

La voz sonaba débil, distante, lejana por la leve distorsión en la codificación de la línea. David tuvo que apretar el aparato a su oreja.

—No estoy herido, si es eso lo que quieres saber. Estoy cansado. Nunca he dormido tanto como he podido hacer ahora en tren camino de Bombay. ¿Y tú?

—Yo estoy bien. Precisamente, estoy realizando una operación contra el terrorismo islámico. En España, están proliferando los mini comandos terroristas; la llegada masiva de inmigrantes lo ha propiciado. A menos que tú y nosotros hagamos algo, este mundo se va a la mierda.

David Ribas conocía por propia experiencia que Laura García era una experta en inteligencia y sabía a la perfección cómo conducir una conversación.

—¿A qué te refieres con exactitud?

—Mientras tú y yo estamos conversando, hay mujeres

y hombres planeando atentados en España y en otros países europeos. Cada vez más, se infiltran lobos solitarios. Parecen un ejército de hormigas. Unos están mucho mejor preparados que otros; porque, incluso, utilizan a niñatos incautos como señuelo para despistar a las fuerzas de seguridad del Estado. Trabajan con la celeridad y el tesón de las hormigas para conseguir armas y planear atentados.

—Estoy convencido de que sois el baluarte de la seguridad ciudadana, de la libertad frente a la anarquía —dijo David por decir algo, ya que suponía lo que ella le estaba insinuando.

—En El Cervantes, estamos a la vanguardia en la recogida de información por medios tecnológicos, pero es la inteligencia humana lo que hace que ganemos las batallas del espionaje. Nunca como antes, agentes de la vieja escuela como tú son necesarios. —Dejó pasar un silencio y añadió—: Con tu talento, tu instinto y tu experiencia, harías una importante labor en Madrid.

—En la India, aún tengo mucho trabajo por hacer. Sin embargo, me gustaría que Julián me facilitara la información que tiene sobre el 11-M. Hay demasiadas preguntas sin respuesta. Y si las condiciones son propicias, lo estudiaría.

—Pienso como tú, David. Creo que nadie debería proteger la vida de quienes perpetraron los atentados.

—No malinterpretes mis palabras —enunció David manteniendo la calma y hablando lo más claro y pausadamente que pudo—. No he dicho que él proteja a unos asesinos. Quería decir que, si compartiese la información que tiene del 11-M, y me imagino que sabrá quiénes fueron los autores intelectuales, o quizá no ande muy descabellado en sus propias opiniones sobre lo que en verdad sucedió, entonces viajaría a España.

—El problema es que te enfrentarías con un enemigo cuyos tentáculos puede que estén en varios países.

—Ya soy mayorcito.

—Pisas terreno resbaladizo, David —replicó ella con la voz algo confusa a causa de la codificación—. Será enfrentarse al equivalente profesional de un escuadrón de ejecución.

—Sé desenvolverme.

—Como he dicho, tienes una gran intuición, pero no la fuerces. Habrá personas poderosas a las que no le guste que metas la nariz.

—Nunca descansaré hasta conocer quién ordenó la masacre, de dónde salió el dinero para ejecutarla y quiénes fueron los autores.

—Rebasarás el parámetro de la «necesidad de saber». Y, es posible, que ello te lleve tiempo.

—Tiempo es todo lo que tengo.

—Estás solo en esto.

—La historia de mi vida.

—El 11-M es política —manifestó Laura—. No tiene que ver con la seguridad ni con la moral.

—Eso que has dicho es una barbaridad.

—Mira, David. No soy ninguna niñata pusilánime. Estoy siendo honesta contigo. Tú y yo estamos enganchados a la acción como yonquis. Pero deja de andar por la vida como un justiciero. No busques justicia en esta vida, porque tendrás muchas decepciones.

—Nadie tiene derecho a vender la sociedad española

por intereses propios. No creo que tú te creas lo que estás diciendo.

Laura resopló.

—Está bien, se lo planteará a Julián. Pero te diré que averiguar sobre lo que en verdad pasó es caminar sobre un puente elevado, sobre un precipicio sin fondo hecho con mentiras y explosivos. Cuídate.

Tras colgar, David abrió la carcasa del móvil, sacó la batería y la tarjeta SIM, que dobló, y lo tiró todo a las vías del tren del lado opuesto del vagón, por donde un convoy hacía su aparición a gran velocidad. Luego volvió a tomar asiento en su litera.

Observó por la ventana y se quedó con aire pensativo. El tren comenzaba a moverse saliendo de la estación.

Fuera, el tumulto de gente se movía por el andén de un lado a otro. «Hormigas», pensó. El símil no podía ser más oportuno. Entonces, se dio cuenta de que quizá Laura tenía razón, de que era al riesgo a lo que él era adicto.

David no veía el momento adecuado para volver a España. La razón estaba en que, en alguna parte melancólica de su corazón, se resistía a abandonar el subcontinente indio porque fue ahí el lugar donde su mujer embarazada murió en un atentado terrorista. De una u otra forma, su permanencia en la India era un modo de seguir unido a ella.

A su modo, seguiría matando las células cancerígenas del islamismo radical antes de que formasen tumores.

David Ribas continuaría combatiendo el fuego con fuego.

36

La manera de llevar a cabo el éxito en una operación de El Cervantes era seguir un plan establecido; despacio y con pausa, porque el menor indicio de apresuramiento podría producir una reacción irreversible. Así era como Laura García lo había realizado junto con su equipo.

Había que evitar que se generase cualquier sospecha indeseable que pudiera echar por tierra la posibilidad de éxito.

Mustafá observaba a los tres jóvenes. Eran marroquíes. Iban bien vestidos, con estilo juvenil: zapatillas de marca, pantalones vaqueros y camisetas con logo deportivo. Los tres iban peinados a la moda: rapados por los laterales y con el cabello central más largo. Los tres de estómagos lisos y de porte atlético.

Estaban reunidos en un parque público de Valencia.

La tarde estaba avanzada y el sol había descendido por

detrás de los edificios, proyectando sombras sobre el parque.

Antes de que llegara Mustafá, los tres jóvenes habían terminado de pintar una pared. Una vez vaciados los botes de espray, los habían tirado al suelo.

Como ya estaba siendo habitual en toda España, en los muros y paredes de lugares públicos, había fragmentos en árabe de coloridos y modernos grafitis con invocaciones a Alá.

Se habían conocido en una mezquita donde era habitual encontrar a islamistas radicales, compartían información, se recomendaban lugares a los que ir, dónde conseguir dinero, cómo seguir viviendo de la paga del Estado español y cómo obtener más beneficios. Era, además, un lugar donde escuchar al imán, un hombre joven que sabía cómo hipnotizar a su audiencia con un mensaje radical pero cautivador, haciendo uso de la palabra.

Mustafá parecía haber estado en zonas de conflicto. Younes, que era muy curioso, se dio cuenta de ello el día en que se conocieron, se lo hizo saber a sus compañeros: era un combatiente de verdad, real.

Mustafá les hizo saber que era miembro de una célula del Estado Islámico recién creada para sembrar miedo a los españoles, como venganza por la expulsión de los musulmanes por los Reyes Católicos, siglos atrás.

Younes, que era quien tenía la última palabra y mantenía una actitud de liderazgo sobre sus dos compañeros, se interesó en conocerlos más y los citó en aquel parque.

—Me han dado una orden desde Qatar y para eso necesito a gente dispuesta a servir por Alá.

Los tres marroquíes eran tan ignorantes como el grado de violencia que poseían sus mentes. Younes vio a Mustafá como un contacto directo con algo que, hasta entonces, era inimaginable para él: el círculo de musulmanes supermillonarios. Esos que tenían cuentas en *Instagram* en las que mostraban imágenes con coches deportivos, musculados y depilados en una piscina, con relojes de oro y que se codeaban con futbolistas de moda; fotos con leopardos como mascotas; en hoteles de lujo, con aviones privados, de viaje en lugares paradisíacos.

Estaba obnubilado.

Mustafá resultó ser una conexión con todo aquello que, hasta entonces, parecía ser intocable.

Nunca se había parado a pensar en por qué esos musulmanes podían disfrutar de tanto y él, en cambio, había nacido y crecido en la mismísima inmundicia, en un barrio del extrarradio de Rabat.

Younes miró a Abdessamad y a Rachid, para luego volver la vista a Mustafá y tomar la palabra.

—Esos somos nosotros, hermano —dijo muy seguro de sí mismo.

—Matamos a una española, gracias a Alá —admitió Abdessamad.

—Pero no la violamos —añadió Rachid mordiéndose el labio—. Porque no somos como esos negros africanos.

—Porque creemos en Alá, en la yihad —añadió Younes muy seguro de sí mismo—. Me ordenaron un atentado en suelo español a un grupo del Estado Islámico. La grabamos. Habrás conocido la noticia. Salió en todos los telediarios

Mustafá mostró estar impresionado. Los miró uno a uno durante tanto tiempo que parecía que las lágrimas iban a saltar de sus ojos.

—Y en las redes sociales —se jactó Abdessamad.

—¿Y por qué no continuáis sus órdenes?

Younes quedó callado durante un instante.

—Fueron detenidos por la policía en la ciudad de Uchda. Perdí el contacto con ellos. En el centro donde vamos a dormir, una persona nos dijo que esperásemos, que alguien nos daría nuevas órdenes. Por eso pensamos que eras tú.

Mustafá adoptó una nueva pose, más reflexiva.

—Hay que matar de nuevo a españoles —explicó—. Pero, para eso, necesito vuestra total obediencia.

Younes dio un paso adelante.

—La tienes.

—Ojo, obediencia, pero también cuestión de confianza —replicó Mustafá.

—Puedes confiar en nosotros —terció Abdessamad.

Mustafá recorrió a Rachid de arriba abajo con la mirada.

—Yo haré lo que me digas. Estoy preparado para eso —dijo finalmente con una sacudida de la cabeza.

Mustafá asintió con entusiasmo.

—*Inshallah*. Lo que quiero que hagáis ahora mismo es subir al interior de esa furgoneta —comentó en voz baja.

Los tres jóvenes dirigieron la mirada hacia una furgoneta aparcada a pocos metros y a la que antes no habían prestado atención alguna. Llevaría ahí aparcada mucho tiempo antes de que ellos pintarrajearan las paredes con *spray*.

Younes, atento a cualquier peligro que se presentara, observó el vehículo con más atención. Era una furgoneta rara. Parecía sacada de un chatarrero. El modelo era antiguo y la pintura estaba desconchada. Notó que varias partes habían sido alteradas del modelo original e, incluso, partes de la carrocería estaban corroídas de óxido. No había ventanas.

—¿Y? —preguntó algo sorprendido.

—Os llevaré a un sitio donde entreno con mi célula. En ese lugar, se están preparando *shahids* dispuestos a servir a Alá —Mustafá notó que Rachid daba muestras de indecisión y tragaba saliva—. Pero yo no quiero que vosotros seáis mártires, sino que sirváis a Alá de otro modo. —Se inclinó un poco. Los tres se aproximaron de igual modo hacia adelante, ansiosos por conocer qué iba a añadir. Cuando volvió a hablar, murmulló apenas—: Os enseñaré a usar armas y explosivos.

Los tres jóvenes intercambiaron miradas y después asintieron con una clara satisfacción juvenil. Cualquier duda anterior estaba ya despejada.

—Tú necesitas ayuda y nosotros estamos dispuestos —claudicó Younes con determinación.

—*Alhamdulillah* —espetó Mustafá a la vez que asentía con la cabeza a cada uno de los tres, dando muestras de satisfacción.

—*Allahu akbar* —dijo de inmediato Younes cerrando el puño al aire.

—Por supuesto que sí, *Allahu akbar* —dijo Abdessamad secundado por Rachid, visiblemente más relajado.

Un coche de la policía local pasó por la carretera, bordeando el lateral opuesto del parque. Mustafá lo señaló con discreción, al tiempo que hacía una mueca de repugnancia.

—Será mejor que nos demos prisa o tendremos mil pollas en el culo —murmuró utilizando una expresión vulgar en árabe, al tiempo que comprobaba su reloj de muñeca.

Los tres dieron un respingo al oír tal comentario soez, y si antes tenían algún vestigio de duda, este había desaparecido de sus cabezas al escuchar aquella expresión. Se dirigieron a la furgoneta con apremio.

Cuando entraron los tres en la furgoneta y Mustafá cerró la puerta desde el exterior, desde algún lugar del interior sonó un dispensador.

El veneno paralizante de acción rápida hizo su trabajo. Los tres se quedaron quietos como estatuas; sus músculos no se movieron.

Mustafá entró en el asiento del conductor con una máscara antigás y arrancó.

Un camión se situó en la calzada a escasos metros por delante. Óscar salió del vehículo con un palillo en la comisura de los labios. Fabián salió por la puerta opuesta.

Ambos abrieron las puertas traseras del camión y bajaron una rampa hasta tocar el asfalto. En el interior, había neumáticos grandes en los laterales y un dispositivo mecánico para mantener fijo el transporte de vehículos.

Mustafá condujo con cuidado la furgoneta por la rampa hasta el interior, quitó la llave, ajustó los neumáticos a los hierros situados en la superficie, se quitó la máscara y salió de un salto tosiendo y escupiendo en la acera.

Óscar y Fabián cerraron las pesadas puertas con llave y los tres subieron con apremio al camión.

Los terroristas fueron sometidos a un interrogatorio brutal dirigido por Laura García y llevado a cabo por integrantes de su equipo operativo.

Tras obtener absolutamente todo resquicio de información que pudiera ser de utilidad contra el terrorismo islámico, los tres acabaron en una cámara incineradora eléctrica. Sus cenizas fueron tiradas al desagüe.

En aquellos momentos, se podía ver por imágenes vía satélite del norte de África a cientos de embarcaciones esperando en las costas a la espera de salir al mar en dirección a España. Otras muchas, ya estaban de camino por diferentes rutas.

En muchas de aquellas embarcaciones, se camuflaban terroristas preparados para matar y conseguir un lugar en el paraíso. Mientras, la brisa proveniente del mar hacía susurrar las olas y el sol brillaba sobre las placenteras aguas de las playas españolas.

En El Cervantes, trabajaban de manera inalcanzable para localizar amenazas, prevenir atentados y evitar la muerte de inocentes. Pero, por desgracia, en la mente de los agentes operativos españoles estaba la inherente pregunta que pervivía en ellos: ¿conseguirían evitar el próximo atentado terrorista?

FIN

David Ribas regresa en la decimotercera novela de la serie:
NO TE QUEDES EN CASA. Obtenla aquí:
https://www.amazon.es/dp/B0B96YSWHB?
tag=braganza-21

Puedes encontrar todas las novelas de la serie David Ribas
aquí:
https://www.amazon.es/dp/B08MTK3SHP?
tag=braganza-21

NOTA DEL AUTOR

En esta novela, como en el resto de la serie protagonizada por David Ribas, he intentado priorizar la consecución de una atmósfera y la creación de unos personajes con cuerpo y alma.

Al fin y al cabo, para que mis historias sean lo más emocionantes posible, he hecho uso de los recursos propios de un novelista.

Lugares, organizaciones de inteligencia, personajes o tramas, son licencias artísticas, ficción, fruto de la imaginación.

Confío en que los lectores disfruten de la lectura tanto como yo lo he hecho escribiendo.

Espero poder seguir ofreciendo más novelas interesantes en adelante.

Gracias, querido lector, por compartir conmigo este vínculo, tan especial.

Gracias por hacer posible una nueva andadura de David Ribas.

Quisiera mencionarte también que mi mejor recompensa como escritor es que tú, estimado lector, hayas disfrutado de la lectura de esta novela. Para mí es de suma importancia tu opinión, ya que me ayudará a compartir con más lectores lo que percibiste al leer mi obra.

Si estás de acuerdo conmigo, te agradeceré que publiques una valoración y opinión honesta en la tienda de Amazon donde adquiriste esta novela.

Muchas gracias.
Alfredo

facebook.com / AlfredodeBraganzaEscritor
twitter.com / braganzabooks
instagram.com / alfredodebraganza